D1390486

MYSTÈRE
AU
MOYEN-ORIENT

Derniers romans parus dans la collection Nous Deux :

LA CHAMBRE SECRETE
    par Nancy BUCKINGHAM

L'OMBRE DU ROI
    par Judith POLLEY

LE RELIQUAIRE
    par Elizabeth PETERS

LE TEMPS DE LA MOUSSON
    par Lillie HOLLAND

L'AILE DU CORBEAU
    par Alice DWYER-JOYCE

LE MOULIN DES SOLITUDES
    par Briony DENE

LA PORTE
    par Mary ROBERTS RINEHART

L'ELEPHANT BLANC
    par Isabelle HOLLAND

LE NID DE FRELONS
    par Miriam MACGREGOR

FLAMME SUR LA LANDE
    par Lilian WOODWARD

LE CHANT DE L'INDE
    par Mozelle RICHARDSON

LABYRINTHES
    par Robin Anne SELBY

LA PIERRE DU GUETTEUR
    par Rona RANDALL

PLACE AU THEATRE
    par Suzanne EBEL

UN SI VIEIL AMI
    par Hilda VAN SILLER

A paraître prochainement :

LES MAUVAIS GENIES
    par Elizabeth KYLE

Julie ELLIS

MYSTÈRE
AU
MOYEN-ORIENT

(The Jewelled dagger)

LES EDITIONS MONDIALES
2, rue des Italiens — Paris-9e

CHAPITRE PREMIER

Toutes les langues se mêlaient dans le bourdonnement des conversations qui animaient les salons de l'ambassade, mais Susan Roberts n'entendait qu'une voix — et cela avec une stupeur incrédule — celle de Celâl Eken, le jeune secrétaire de l'ambassade de Turquie, que venait de lui présenter le sénateur Cargill, son patron.

— Mademoiselle Roberts, disait le jeune homme, si vous acceptez d'occuper cette situation auprès de Joseph Menderez, vous habiterez durant une année un palais construit voici sept siècles !

Le ton était persuasif, les paroles éloquentes.

— Vous travailleriez auprès d'un homme brillant, l'un des industriels les plus éminents de Turquie. Pendant vos heures de loisir, vous pourriez explorer Istanbul, cette ville fascinante. Vous garderiez le souvenir de cette année-là comme un trésor jusqu'à la fin de votre vie !

Les yeux de Celâl Eken étincelaient.

— Rappelez-vous, Istanbul a un pied en Europe, mais le corps en Asie. Vivre à Istanbul, c'est vivre en même temps dans deux continents différents, avec deux cultures différentes.

Le jeune homme fut interrompu par un représentant d'une des nouvelles nations africaines, puis il entraîna Susan dans un coin du salon un peu moins... encombré par la foule des invités.

— Mais... pourquoi m'offrir cela à moi ? demanda Susan.

Ses yeux noirs débordaient de questions. Plus par nervosité que par nécessité, sa main fine alla lisser la douceur soyeuse de ses cheveux blonds. Pourquoi, entre toutes les villes du monde, Istanbul ? Pourquoi, parmi toutes les secrétaires de Washington, Susan Roberts ?

— Pourquoi moi ? répéta-t-elle. Je ne sais pas un mot de turc !

Ce garçon ne pouvait pas savoir que sa mère avait été passionnée par le Moyen-Orient, que l'enfance de Susan avait été environnée de souvenirs de ces pays lointains, de gravures collectionnées avec amour, un voile rapporté d'Istanbul par une amie et fixé sur un mur du salon, toute une série d'ouvrages sur la culture turque. Par quel surprenant hasard, Celâl Eken lui faisait-il cette offre extraordinaire ?

— Mademoiselle Roberts, il n'est nullement indispensable que vous connaissiez le turc, dit le jeune et élégant diplomate. Au palais, tout le monde parle couramment anglais et français. Ce dont monsieur Menderez a besoin, c'est d'une secrétaire intelligente, bien entraînée, qui connaisse parfaitement Washington et soit au courant des principes de la démocratie. Le sénateur m'a dit que vous êtes sans doute la meilleure secrétaire de son équipe, que vous avez passé deux ans ici à l'université et que vous travaillez pour lui depuis près d'une année. Vous êtes, m'a-t-il affirmé, au courant de ce qui se passe dans les sphères supérieures. En un mot, vous n'ignorez rien de Washington, acheva-t-il avec fermeté.

— Vous avez parlé de cela avec le sénateur Cargill ? demanda la jeune fille, très surprise.

D'étranges signaux d'alarme retentissaient dans son esprit. Tout cela était trop soudain... Mais Istanbul ! Mystérieuse, incomparable Istanbul ! Combien sa mère aurait été passionnée par cette proposition !

Jusqu'à l'année précédente, la crainte d'un vol au-dessus de l'océan avait gardé Mme Roberts prisonnière de son propre pays. Elle avait surmonté son effroi, finalement, mais trop tard. Elle avait formé le projet de célébrer le vingt et unième anniversaire de sa fille à Istanbul : toutes deux auraient fait ce voyage au Moyen-Orient. Mais la mort était intervenue...

Le diplomate hochait vigoureusement la tête.

— Oui, le sénateur et moi avons discuté la question, dit-il.

Il ramena Susan au centre de la réception.

— Et j'ai parlé de mes recherches à plusieurs membres du Congrès, ajouta-t-il.

Il eut un sourire attristé.

— Malheureusement, jusqu'à présent, je n'ai pas découvert une jeune personne pourvue de l'esprit d'aventure que réclame ce genre d'entreprise. D'une manière générale, les jeunes filles redoutent l'originalité du Moyen-Orient. Elles ne se rendent pas compte de la splendeur de mon pays.

Le jeune homme se rendait parfaitement compte que Susan était plus intéressée qu'effrayée par la perspective de vivre dans un antique palais d'Istanbul.

—- Je ne sais vraiment que vous dire, murmura-t-elle avec quelque confusion.

Que se passerait-il quand elle reviendrait à Washington ? se demandait-elle. Retrouverait-elle sa situation dans les bureaux du sénateur après l'avoir abandonnée ? Elle aimait beaucoup son travail auprès de Bill Cargill... Et pourtant, la seule idée de voir réellement ce que sa mère lui avait fait connaître par des livres et des photos lui faisait battre le cœur d'une émotion délicieuse.

— Réfléchissez sérieusement, mademoiselle Roberts, dit Eken en répondant au sourire de la jeune fille.

Il avait l'air tranquille, comme s'il était certain de réussir dans sa mission. Il chercha une carte de visite dans son portefeuille et la tendit à Susan.

— Votre salaire serait le même que celui que vous recevez actuellement, reprit-il, votre voyage aller et retour naturellement payé. Vos dépenses personnelles seraient minimes, puisque vous résideriez au palais. Et quand vous visiteriez les magasins, vous constateriez que le dollar américain vaut toujours plus cher que la monnaie turque.

— Je réfléchirai, promit Susan.

— Je vous en prie. Et téléphonez-moi dès que vous aurez pris une décision.

Le jeune homme sourit encore et revint aux sujets de conversations habituels dans ce genre de réception.

Tout en bavardant, Susan cherchait du regard, dans la foule bruyante, le sénateur Cargill dont elle souhaitait avoir l'avis. Elle l'aperçut bientôt : très grand, il dominait les invités qui l'entouraient. Le regard de la jeune fille rencontra un instant celui de l'homme politique, et très vite, celui-ci traversa le salon pour s'approcher d'elle. Elle intercepta entre lui et le diplomate turc un coup d'œil éloquent, puis Celâl Eken s'excusa avec courtoisie, et discrètement se perdit parmi les invités.

— Eh bien ! Que pensez-vous de cela ? demanda Bill Cargill avec bonne humeur.

Il entoura d'un bras protecteur les épaules de Susan ; la réunion battait son plein et ils étaient bousculés par les allées et venues de la foule.

— Vais-je perdre ma plus jolie secrétaire ? demanda le sénateur.

— Je n'arrive pas encore à croire à cette histoire ! dit Susan.

Elle regardait Cargill avec une attention inquiète.

— Qu'arrivera-t-il quand je reviendrai... en admettant que je consente à partir ?

— Eh bien ! Vous reviendrez travailler pour moi, répondit le sénateur avec entrain. Eken est venu me parler avant de vous offrir cette chance. Je lui ai dit que, si vous acceptiez ce voyage en Turquie, je comptais sur votre retour dans mon équipe une fois votre mission accomplie.

— A vous entendre, dit Susan, on croirait que vous êtes sûr de mon départ !

Oui, elle aimait travailler pour Bill Cargill. Il était encore jeune et très dynamique. Il inspirait à ses collaborateurs un dévouement à toute épreuve et elle se sentait utile en accomplissant les tâches qu'il lui confiait. Tout de même, passer un an à Istanbul...

Mais elle ne savait rien de Joseph Menderez ! Comment se comporterait-elle dans un pays de culture orientale, où si fréquemment encore les femmes se cachent le visage derrière des voiles ? Passer là-bas quelques semaines avec sa mère aurait été une merveilleuse aventure. Vivre de manière prolongée au cœur d'Istanbul serait peut-être un cauchemar !

— Je sais que ce pays a pour vous un intérêt particulier, dit lentement Cargill. Et puis ce sera une expérience extraordinairement enrichissante. Vous, ajouta-t-il en souriant, qui êtes née et avez grandi dans une petite ville de Pennsylvanie !

— Il faut que je considère la chose sous tous ses angles, dit Susan sérieusement. Il faut que je réfléchisse calmement.

Mais comment demeurer calme en face de semblable perspective ? Comment rester lucide quand on a Istanbul à portée de la main ?

Le sénateur hésita un instant.

— Ecoutez, dit-il enfin, je ne sais pas si j'ai le droit de vous influencer, mais il y a de brillants esprits sur la place de Washington, des hommes pour lesquels vous avez un très grand respect...

Susan sourit. Elle ne cachait pas son enthousiasme au sujet de ceux qu'elle admirait dans les sphères politiques.

— Des hommes qui désirent ardemment voir Menderez écrire ces mémoires, lui voir jeter une vive lueur sur la Turquie telle qu'elle était au moment où elle a adopté une politique démocratique. Vous connaissez la situation aujourd'hui.

— Pas tellement bien, avoua Susan.

— Il y a eu un coup d'état militaire en 1971. Par personne interposée, expliqua le sénateur, mais il s'agissait réellement d'une prise de pouvoir par l'armée, les Etats-Unis, l'allié principal de la Turquie, approuvant et bénissant l'initiative. Des élections libres étaient promises pour ce printemps. Jusqu'à présent, rien ne s'est produit. La période est critique pour la Turquie et je crois qu'il faudrait que cet ouvrage soit écrit.

Le sourire de Bill Cargill avait charmé bien des

femmes. Il l'arborait sans même en avoir conscience.

— Plus tôt Menderez se lancera dans son œuvre, acheva-t-il, mieux cela vaudra.

— Vous me donnez bien de l'importance ! dit Susan en essayant de garder un ton léger.

Mais elle ne pouvait pas prendre de décision si rapidement.

Des mises en garde surgissaient dans son esprit : si elle acceptait de partir, elle serait obligée de rester une année entière au palais Menderez à Istanbul. Une année peut-être interminable...

Lorsque Celâl Eken quitta l'ambassade, — une immense, imposante demeure ayant appartenu jadis à l'une des plus riches familles d'Amérique, — une paisible satisfaction s'inscrivait sur son visage. Ce soir, il avait exprimé sa reconnaissance pour un service rendu depuis très longtemps.

Il était sûr que Susan Roberts accepterait finalement ce qu'on lui offrait. La lueur qui brillait dans ses yeux le disait. Joseph Menderez aurait sa secrétaire ainsi qu'il le désirait.

Une appréhension légère effleura le jeune homme : il jeta sa cigarette américaine et chercha dans sa poche un paquet de cigarettes turques, plus fortes. Ne préparait-il pas des ennuis à cette jeune fille ? se demanda-t-il. Il ne le souhaitait pas. Susan Roberts était vraiment quelqu'un de bien.

Vêtue d'une robe de chambre, Susan s'assit à la table de la petite cuisine en face de son amie et fixa, sans le voir, le fragile cerisier du Japon qui fleurissait au dehors, embaumé en ce matin de printemps.

— Si tu te décides à partir, dit Robin avec entrain, je crois que nous sommes au moment le meilleur de l'année pour arriver en Turquie.

Susan regarda son amie d'un air de léger reproche.

— Je n'ai rien décidé encore, dit-elle.

Une ride d'incertitude barra son front.

— J'ai ici un travail qui me plaît, dit-elle.

— Tu le retrouveras au retour : Cargill te l'a promis ! rappela Robin.

— Je sais.

Dans la voix de Susan, une nuance de tristesse alerta son amie.

— Cela te ferait du bien de changer de décor, dit-elle avec compassion.

Elle savait combien Susan avait été bouleversée par la mort de sa mère, tuée dans un accident de la route à l'automne précédent.

— Susie, insista-t-elle, ta mère aurait été tellement contente ! Si j'étais toi, je partirais sans hésiter un instant !

— Si je refusais, partirais-tu à ma place ?

Susan s'efforçait de prendre un ton indifférent. Elle but une gorgée de café, observant Robin par dessus le bord de sa tasse.

— Je suis une déplorable sténo, répondit Robin avec franchise. Le monsieur me renverrait chez moi dans les trois jours. De plus, ma famille s'affolerait : tu connais la musique ? Les mœurs orientales et tout le fourbi. Pour ma famille, les Musulmans sont des païens !

— L'Islamisme est une grande religion ! protesta doucement Susan. Une foi noble et haute.

— Je sais... Mais je ne ferai jamais admettre

ça à mes parents. Si tu vas là-bas, je pourrai peut-être venir à l'automne en avion, avec un de ces tours de groupes... S'il me reste un peu de temps après mes vacances d'été.

— Robin... J'y vais !

Elle venait de prendre la décision brutalement, spontanément.

— Je ne sais pas où je vais mettre les pieds, mais il faut que je passe cette année à Istanbul ! dit Susan.

Ses yeux étincelaient.

— C'est comme un pèlerinage...

Elle se calma brusquement, en pensant à ce qui lui restait à faire.

— Il faut que j'aille dire ça à grand-père, en Pennsylvanie. Ça ne lui fera pas plaisir, prophétisa-t-elle avec tristesse.

— Tu ne peux rien faire pour lui en restant à Washington, observa Robin sagement. Tu sais bien qu'il ne se remettra peut-être jamais tout à fait de cette attaque. Il a auprès de lui un infirmier qui le soigne bien, il est dans sa maison, aussi confortablement installé qu'il peut l'être en ces circonstances.

— J'ai des remords de l'abandonner pendant toute une année...

Lorsque son grand-père avait eu cette attaque, juste après la mort de sa mère, le médecin avait annoncé qu'il serait totalement paralysé pendant des années. Certes, il n'aurait pas voulu que sa petite-fille passe tout ce temps à son chevet à lui tenir la main...

— Dis-lui ce qu'il en est, insista Robin. Tu lui écriras ; l'infirmier lui lira tes lettres. Et dans un an, tu seras de retour.

Grand-père serait désolé, bien sûr. Déjà, il s'était

affolé au moment du départ de sa fille et de sa petite-fille pour Washington. Il détestait Washington. Chaque fois qu'elles venaient le voir, il faisait des remarques désobligeantes sur le quartier qu'elles habitaient. Mais ces sentiments paraissaient déraisonnables : ils semblaient liés au passé lointain, au temps où, jeune fille, la mère de Susan était allée travailler à Washington.

Sa mère aussi était secrétaire, en ce temps-là : elle travaillait pour un sénateur Cargill, l'oncle de Bill. Elle était revenue à Pittsburgh pour soigner sa mère pendant une longue maladie ; là, elle s'était mariée et avait mis Susan au monde. Elle n'était retournée à Washington que veuve, pour y vivre avec Susan. Mais le ressentiment du grand-père envers cette ville n'avait jamais faibli.

Il ne pouvait pas parler maintenant, le pauvre vieux : quoi qu'il pensât du nouveau projet de sa petite-fille, il ne pourrait que l'accepter avec résignation et attendre qu'elle revienne. Mais elle était néanmoins décidée à se rendre à Pittsburgh et à lui annoncer son départ de vive voix, avec l'espoir d'obtenir de lui un vague signe d'approbation.

Robin se servit une autre tasse de café et avança la cafetière vers la tasse de son amie, mais celle-ci se leva, prise d'une hâte soudaine.

— Je vais téléphoner à Eken et lui dire que j'accepte son offre, dit-elle. Crois-tu qu'il sera à son bureau un samedi matin ?

Celâl Eken était bien à son bureau. Susan lui annonça sa décision d'un ton alerte. Il répondit avec enthousiasme.

— Je suis très heureux, mademoiselle Roberts.

Elle se demanda pourquoi elle avait l'impression qu'il exagérait volontairement cette satisfaction ?

Après tout, il n'avait fait que s'acquitter d'une mission...

Non. Son imagination prenait le galop pour la simple raison qu'elle fonçait dans l'inconnu.

Mais ce serait une année merveilleuse. Comment pourrait-il en être autrement ? Quelle chance que les autres secrétaires sollicitées eussent refusé de partir !

CHAPITRE II

Paul Asley traversa d'un pas rapide le bazar égyptien, au pied du pont de Galata. Installé dans la salle centrale du Pandeli, il pouvait contempler de haut le bazar, devenu un méli-mélo de marchandises diverses, depuis les disques d'électrophones jusqu'aux casseroles et aux marmites, et imaginer les temps anciens où l'on offrait surtout là aux chalands les herbes aromatiques et les épices.

Il s'avança rapidement à travers l'entrée du bazar, franchit le vaste seuil dallé, et tourna sur la gauche vers une petite porte qu'il connaissait bien et qui s'ouvrait sur un escalier qui menait au restaurant.

Aujourd'hui, il avait rendez-vous avec Kemal Menderez dans l'une des petites salles qui donnaient sur la Corne d'Or, le Bosphore et Beyoglu.

Kemal avait paru nerveux, le matin, au téléphone. Sa famille était consternée de ce qu'il eût lâché son université si chic en Angleterre pour rentrer à la maison. Ses parents avaient voulu l'éloigner de l'agitation des universités turques, et voilà qu'il était revenu, grossissant le nombre des ratés !

Paul sourit à demi. Bien qu'il fût plus âgé de quelques années, lui aussi avait de la sympathie pour

ces jeunes qui désertaient les universités et grouil-
laient dans Istanbul. Dans deux mois, leurs effectifs
s'augmenteraient de tous les collégiens en vacances,
de tous les jeunes qui parcourent l'Europe en auto-
stop et débordent sur les limites de l'Asie, avec
leur maigre provision de chèques de voyage de
l'American Express.

Un serveur s'approcha et Paul se concentra sur
le menu. Il se régalait de l'admirable cuisine qu'on
servait encore à des prix raisonnables, bien que le
restaurant, naguère l'un des meilleurs de toute l'Europe avant la mort de son Chef, fût en passe de
devenir une boîte à touristes.

Quand il se fut finalement décidé pour des
feuilles de vigne farcies, une salade et une grillade,
il vit Kemal entrer dans la salle. La ressemblance
du jeune homme avec sa sœur était stupéfiante, tout
au moins au physique. Ils étaient grands tous les
deux, avec des traits réguliers, une peau magnifique,
les mêmes cheveux presque noirs et des yeux foncés.
Mais Sophia n'avait à peu près rien des goûts intel-
lectuels de son frère.

— Ne commande pas de poisson, avertit Kemal
en souriant.

Il se laissa tomber dans un fauteuil en face de
Paul.

— Cela te coûterait une semaine de loyer !

— Je sais, répondit Paul d'une voix traînante.
Quand j'ai envie d'un dîner de poisson et de fruits
de mer, je me fais inviter au palais ! Comment s'est
passé ce voyage ?

Paul se demandait comment la famille avait pris
les choses quand le jeune homme était parti pour
circuler pendant dix jours en Asie avec Iris. Les
Menderez ne connaissaient pas Iris, mais ils devaient
bien se douter qu'il y avait une fille dans l'histoire.

Une fille qui n'était pas turque. Et qui n'était pas riche.

Kemal haussa les épaules.

— Le voyage s'est très bien passé. J'avais déjà tout vu trente-six fois, naturellement, mais Iris était ravie. Elle a dévoré ça ! déclara le jeune homme avec emphase.

Il s'interrompit pour commander son repas, puis revint à Paul.

— Pour l'instant, Iris est chez elle à méditer.

Il soupira.

— Elle se fait de la bile parce que je ne l'emmène pas au palais. Je ne peux pas en ce moment. Ils sont tous contre moi depuis que j'ai lâché mes études ; je sais trop bien comment ils réagiraient devant Iris. Et avec mon père qui se remet doucement après sa crise cardiaque, je crois qu'il vaut mieux patienter. Es-tu allé au palais pendant mon absence ?

— Non. Je n'y suis allé que cinq ou six fois, rappela Paul à son ami, et toujours invité par toi.

— Je pensais que mon père t'aurait peut-être invité. Il aime beaucoup discuter avec toi.

— Et il adore me battre aux échecs.

Les yeux de Kemal brillèrent d'amusement.

— Il estime que tu as une bonne influence sur moi, dit-il. Il avait peur, quand je suis revenu, que je ne me fasse annexer par l'extrême gauche.

Il eut un bref sourire.

— Je me demande pourquoi les parents s'imaginent toujours que les étudiants vont s'engager dans l'extrême gauche ou dans l'extrême droite ?

Les deux amis échangèrent des sourires complices. Tout en se donnant l'air de mépriser la politique, Kemal s'inquiétait profondément de son pays.

— Ton père étant un éminent historien, dit

Paul, il m'a beaucoup aidé. Je lui suis très reconnaissant de m'avoir donné accès aux bibliothèques. Cela m'a été d'un secours immense dans les recherches pour mon roman.

— Tu ne sais rien sur la dernière grande nouvelle du palais ? demanda Kemal.

Paul leva un sourcil.

— Quelle nouvelle ?

— Mon père veut écrire ses mémoires. Sur les années où il a été ambassadeur dans votre pays.

A présent, Paul était extrêmement attentif. C'était précisément cela que Dick l'avait chargé de découvrir. Menderez allait-il vraiment se mettre à écrire ce livre ?

— D'après ce que je sais, continuait Kemal, le médecin est d'accord : sa théorie est qu'il s'agit là d'une thérapeutique. Père a l'interdiction de s'occuper des affaires pendant six mois : naturellement, il triche un peu.

— Ecrire est un dur travail, dit Paul doucement. Est-il de force à se lancer là-dedans ?

— Le médecin est d'accord et cela l'enthousiasme : mais il est un peu inquiet parce qu'il n'a pas revu Washington depuis des années. Il a peur que sa mémoire ne lui joue des tours, à propos de détails locaux, par exemple.

— J'ai passé un an à Washington en sortant de l'université en tant que journaliste, dit Paul. Nous avons longuement parlé de cela, ton père et moi, la dernière fois que je l'ai vu. Il a une mémoire phénoménale ! Je ne peux imaginer qu'il ait oublié la moindre chose. Mais je suis prêt à lui fournir tous les renseignements dont il estimerait avoir besoin.

Le visage de Kemal s'éclaira.

— Mon père sera enchanté. Il a une grande estime pour toi.

Il se pencha en avant en baissant la voix.

— Tu sais pourquoi il veut écrire ce livre : ce sera sa manière de lutter en faveur d'une véritable démocratie. Il est mécontent du retard apporté aux élections.

— A-t-il un éditeur ?

— Oui, à New York, car il est peu probable qu'on accepte de le publier ici, répondit le jeune homme avec un sourire amer. Avec ces histoires de « presse libre », depuis l'adoption de la Constitution de 1961, de fortes pressions morales et économiques s'exercent sur ceux qui se montrent trop bavards.

— Ne crois-tu pas que ton père soit imprudent en écrivant ces mémoires ? demanda Paul.

— Cela inquiète ma mère, reconnut Kemal. Elle le voit déjà arrêté et enfermé dans une prison militaire. Mais il est bien trop malin pour se laisser prendre dans cette sorte de piège. Après tout, il racontera seulement ses années dans la diplomatie. Non.., déclara Kemal avec fermeté, il ne devrait pas y avoir de choc en retour.

— Tu parlais de pressions morales et économiques ? observa Paul. Pensais-tu à des représailles contre vos affaires si le gouvernement était mécontent de ce livre ?

— C'est ce dont ma mère a peur. Quand l'armée est aux commandes, on peut s'attendre à tout..., mais je ne crois pas qu'ils fassent rien contre mon père en tant que propriétaire et directeur de l'usine : l'usine est un atout dans l'économie du pays. On encourage beaucoup les entreprises privées, tu le sais.

On apporta leur repas et les jeunes gens le dévo-

rèrent avec un plaisir évident. Kemal interrogea
Paul sur son propre roman avec beaucoup d'intérêt :
l'action se situait au cours des dernières années de
l'empire ottoman et l'écrivain fournit à son ami
tous les détails qu'il souhaitait. Ils s'attardèrent
longuement sur leurs cafés, prenant plaisir à leur
mutuelle compagnie, respectant leurs convictions et
leurs idées personnelles en dépit des cinq années qui
les séparaient.

Kemal engagea sa voiture entre les grilles ouvertes
de l'entrée et suivit l'allée circulaire, bordée de
tilleuls, qui conduisait à la porte du palais. Le
palais avait été construit au cours des siècles sur
les ruines de ce qui était jadis un chef-d'œuvre de
l'architecture byzantine. Devant le palais, des jets
d'eau envoyaient dans un bassin des arcs de cercles
de gouttes fraîches et brillantes.

Quand Kemal et Paul descendirent de la voiture, ils furent accueillis par les voix aiguës des
servantes qui s'interpellaient à travers la cour. Un
transistor tonitruait de la musique pop. Qu'arriverait-il, pensa Paul en riant sous cape, quand des
réseaux de télévisions finiraient par se mettre de la
partie ?

Fatima, petite boulotte toujours prête à rire,
vint ouvrir la porte. En turc, Kemal lui demanda
où se trouvait son père. La jeune servante répondit,
tout en jetant sur Paul un regard admiratif.

— Père est à la bibliothèque, traduisit Kemal.
Allons bavarder avec lui.

Ils suivirent sans hâte le long couloir qui conduisait à la bibliothèque. Les murs s'ornaient d'admirables tapisseries et de panneaux de velours frappé
couleur d'or qui devaient avoir des siècles d'âge,
pensa Paul. Un dessin géométrique formé de carreaux de céramique attira son attention. Des tapis

d'Orient aux teintes délicatement adoucies par les années s'étalaient sous les pieds.

La vaste bibliothèque, haute de plafond, de forme rectangulaire, surprenait par son aspect occidental, avec des murs lambrissés de chêne, le sol recouvert d'épaisse moquette, les meubles confortables, de style traditionnel anglais, se rappela Paul. Au moment où ils allaient entrer, derrière la porte, une voix féminine s'éleva.

— Joseph ! A quoi penses-tu ?

Dans la pièce, Constantina Menderez exprimait sa stupéfaction indignée.

— Tu veux faire venir une jeune Américaine au palais ? Tu veux qu'elle y fasse un long séjour ? Pourquoi ne pas me consulter sur ce genre de chose ?

— Constantina, il s'agit d'une secrétaire, répondit Joseph Menderez sans se troubler. J'écris mon livre en anglais.

— Je n'ai pas envie de voir une étrangère rôder dans le palais ! insista Constantina dont le ton montait dangereusement.

Kemal haussa les sourcils d'un air complice à l'intention de Paul.

— Mère ? appela-t-il. Vous êtes là ?

Il préférait affecter de prendre avec désinvolture la mésentente de ses parents que la récente crise cardiaque de son père n'avait pas arrangée.

— J'amène Paul avec moi, ajouta Kemal.

Le silence se fit immédiatement dans la bibliothèque. Constantina était fière de sa proverbiale amabilité. Un visiteur ne devait pas être témoin des chamailleries domestiques. Quand Paul et Kemal entrèrent dans la grande pièce, Constantina Menderez était debout, un charmant sourire de bienvenue aux lèvres. Ayant tout juste dépassé quarante

ans, elle était encore très belle, mais ses années
commençaient à se laisser deviner et elle en était
épouvantée. Joseph Menderez, assis dans un fauteuil de cuir bleu, avait sur les genoux le *Times*.
Son beau visage maigre avait une expression tendue.

— Vous ne savez pas ? s'exclama Kemal avec
entrain. Je vous ai trouvé quelqu'un qui connaît
parfaitement Washington ! Paul dit que vous pourrez
le consulter chaque fois que vous le désirerez. Il a
passé un an comme journaliste dans la ville.

Le sourire que Joseph Menderez adressa à l'Américain était singulièrement crispé.

— Vous avez travaillé pour un journal américain, Paul ?

— Voici plusieurs années, oui : je venais d'ache-
ver mes études.

Paul avait mentionné le fait à plusieurs reprises :
il se demanda pourquoi cette vieille histoire semblait ennuyer l'ancien ambassadeur.

— C'est bien après mon propre séjour, dit-il
avec un peu d'humeur. Mais la géographie ne varie
pas. Si la jeune personne que j'ai engagée ne sait
pas me renseigner, je prendrai la liberté de vous
mettre à contribution.

Il jeta un coup d'œil prudent sur Constantina.

— Je fais venir une jeune Américaine qui sera
ma secrétaire pendant une année, tout le temps
que j'écrirai mes mémoires sur mon passage à
Washington.

En écoutant son mari confier son projet à Paul,
Constantina croisait et décroisait impatiemment ses
doigts fins chargés de bagues. Etait-elle irritée parce
que la jeune fille engagée par son mari était américaine ? C'était peu probable. Constantina était
trop mêlée aux milieux mondains internationaux

pour être anti-américaine. Ce qui lui déplaisait, c'était qu'une étrangère séjournât au palais.

Ils parlèrent de Washington pendant un moment.

— Kemal, fais donc voir à Paul la collection de poignards et de fusils, dit soudain Menderez à son fils. Paul, ne m'avez-vous pas dit que vous vous intéressez aux armes blanches de la fin de la période ottomane ? Il y en a plusieurs dans la collection.

Soudain, Joseph Menderez parut exténué. Etait-il sage d'entreprendre son œuvre aussi vite après son attaque, se demanda Paul. Pourtant, il parlait de ces mémoires avec une telle ardeur qu'il semblait être poussé par une force mystérieuse à écrire le livre.

Menderez, consterné de voir son pays dirigé par la droite, était tout aussi inquiet des actes de terrorisme de l'extrême gauche en Turquie. Paul constatait avec sympathie le désir de Menderez de voir rétablir la démocratie. Cet apôtre de la paix détestait, tout comme Paul, aussi bien la main-mise de l'armée sur la Turquie que les formes terroristes de la contestation.

Un peu plus tard, après avoir quitté son ami, Paul entra dans un café et commanda du thé, puis sachant que le service n'était pas rapide, il se rendit à la cabine téléphonique de l'établissement pour téléphoner. C'était d'ailleurs avec cet objectif qu'il était venu là. Il chercha dans sa poche une pièce et forma le numéro privé, et non indiqué dans l'annuaire, de son ami Dick Spencer.

Le jeune homme jura entre ses dents quand il obtint un mauvais numéro, ce qui d'ailleurs ne le surprit guère. Avec la patience acquise après des mois de séjour à Istanbul, il recommença la manœuvre.

« ... — Hello ? » répondit une voix américaine au bout du fil.

« ... — Je lui ai parlé, dit Paul à mi-voix. Il ne s'agit pas d'un caprice : il marche à fond. »

« ... — Le fils est-il engagé dans le mouvement terroriste ? » demanda Spencer.

« ... — Absolument pas, répondit Paul, catégorique. Pas plus que le père. A propos : notre ami fait venir ici une jeune Américaine pour lui servir de secrétaire. »

Au bout du fil, Dick rit sous cape.

« ... — Nous savons cela », dit-il.

« ... — En ce cas, pourquoi diable m'as-tu poussé à offrir mes services si je pouvais amener le sujet sur le tapis ? »

« ... — Nous ne voulons négliger aucune possibilité. C'est un type important. Nous voulons savoir de quel côté il penche. »

« ... — Comment est la fille ? demanda Paul ironique. Laide et assoiffée de l'atmosphère romanesque du Moyen Orient ? »

« ... — Pour cela, nous n'avons aucun renseignement. Désolé, mon gars. »

*

L'avion approchait de l'aéroport de Yesilkoy, dans la banlieue d'Istanbul. Susan se pencha vers le hublot, oubliant la fatigue d'un vol prolongé, enthousiasmée par la vue qu'elle avait de la terre : les champs de melons d'été, les premières pousses de maïs, les villages bleus avec leurs toits orange. Au-delà, l'incroyable teinte turquoise de la mer,

les vaisseaux de toutes les tailles, de toutes les
nations, semés dans le port.

Une hôtesse à la voix de velours liquide com-
mentait la scène pour les passagers.

— Istanbul est baignée par trois étendues d'eau :
le Bosphore, la Corne d'Or et la mer de Marmara.
La cité est construite sur sept collines principales :
le site en a été choisi par Constantin le Grand au
début du quatrième siècle, quand il estima que
l'empire romain avait besoin d'une autre capitale
en Orient.

Susan, stimulée, compta les collines. Il y en
avait bien sept, dressées dans le bleu délicat du ciel.
Découpées sur l'azur, on reconnaissait les mosquées
aux superbes dômes, et parmi celles-là se dressaient
les plus fameux monuments religieux du monde dont
les minarets, à l'aspect fragile, s'élevaient majestueu-
sement comme s'ils voulaient traverser les nuages.

Istanbul. Elle était à Istanbul, après treize heures
de vol depuis l'aéroport John Kennedy à New York,
et une escale d'une heure à Francfort pour faire le
plein d'essence, elle arrivait à destination. Elle
regarda sa montre. Ici, il était quatre heures de
l'après-midi. Neuf heures du matin à Washington.
Robin devait s'installer devant sa machine à écrire,
au début d'une nouvelle journée habituelle. L'idée
qu'elle allait mettre pied à terre à Istanbul fit frémir
la jeune fille de plaisir anticipé.

Au moment précis où les passagers débarquaient
du 747, le temps commença à changer. En quelques
secondes, un vent froid remplaça la chaleur parfumée de l'air. Plus tard, Susan devait se souvenir
de cette brusque transformation de la température,
signe avant-coureur de l'orage..., et de cet autre
orage qui allait l'engloutir au cours des jours sui-
vants. Frissonnante dans sa robe d'été, elle courba

les épaules et suivit ses compagnons de voyage pour aller chercher ses bagages.

— C'est le vent qui vient de la mer Noire, expliqua l'un des passagers. Les braseros seront allumés ce soir.

Plus vite qu'elle ne s'y attendait, Susan en eut fini avec la douane : ses deux grosses valises se trouvaient entre les mains d'un très jeune garçon, poli et décidé, qui comprit visiblement, en dépit de la barrière des langues, que la voyageuse désirait un taxi.

— Mademoiselle Roberts ?

Une voix féminine, parlant anglais avec application, arrêta la jeune fille dans son élan. Susan se retourna et se trouva en face d'une jolie fille, un peu hautaine, sans doute son aînée de deux ou trois ans.

— Oui.

Susan était étonnée. Elle ne prévoyait pas que quelqu'un vînt à sa rencontre. Cependant, elle était facile à identifier : il n'y avait personne de sa génération dans l'avion.

— Je suis Sophia Menderez. Je vais vous conduire au palais, dit la nouvelle venue.

Elle se tourna et dit quelques mots turcs au porteur d'un air impérieux. Il répondit par un signe affirmatif à ses ordres.

— Venez par ici, dit-elle à Susan. Je suis garée tout près.

D'une démarche assurée, elle se dirigea vers la sortie la plus proche.

— Merci d'être venue me chercher, dit Susan.

Elle faisait effort pour parler naturellement. Pourquoi se laissait-elle intimider par la première personne de la famille Menderez dont elle faisait la connaissance ?

Côte à côte, elles s'avancèrent en silence vers une Mercedes grise que le porteur de Susan admira avec volubilité tout en mettant les bagages à l'arrière. Sophia et Susan prirent place à l'avant. Susan essaya, sans succès, d'amorcer une conversation, et y renonça bientôt.

Sophia garda un silence qui frisait l'impolitesse tandis que la voiture gagnait une route à quatre voies. La circulation rappelait celle de Washington aux heures de pointe et Sophia fronçait les sourcils impatiemment en se voyant retardée. Après quelque temps, la route se rétrécit pour pénétrer derrière les murailles de la vieille ville.

Ce doit être la fameuse « Porte Cannon », pensa Susan, reconnaissant les photos maintes fois contemplées. Elevée au temps de l'empire byzantin et encore debout ! Quelle ville extraordinaire elle allait visiter !

Dans la cité, où les Cadillac disputaient l'espace aux voitures à chevaux, le bruit devint assourdissant. Il s'y mêlait celui du port, les sifflets des ferrys, les appels des hommes qui travaillaient sur les cargos ou les paquebots et les bateaux de pêche. Des êtres humains se pressaient sur les trottoirs et ajoutaient leurs voix perçantes au tumulte général, mais Susan trouvait cela intéressant plutôt qu'énervant.

Le temps continuait à s'aggraver et Susan remonta la glace à côté d'elle. Jamais elle n'avait vu le temps changer aussi vite. Sophia tourna dans une rue plus tranquille et la Mercedes quitta le centre de la ville pour monter dans les faubourgs, passant devant de petites maisons dont les volets tournaient bruyamment sur leurs gonds sous la poussée du vent. Les fenêtres vibraient à la façade d'un palais qui s'élevait, à leur gauche, sur une petite éminence. Des fleurs qui s'épanouissaient sur les arbres s'envolaient au gré de la tempête accourue de la mer Noire.

Sophia ralentit devant une propriété entourée d'un mur.

— Nous sommes arrivées, dit-elle froidement.

Le palais se dressait, au-delà du mur, dans une splendeur tout orientale. Susan se pencha en avant, avec l'impression d'avoir reculé à travers les siècles. Des arbres magnifiques ombrageaient de vastes jardins. De tous les côtés montaient des jets d'eau dans des vasques, rappelant à la jeune fille que l'eau est, en Turquie, un symbole quasi religieux.

— C'est splendide ! dit-elle.

Elle avait l'impression de vivre un rêve. Malgré les excès de son imagination, elle était demeurée bien en dessous de la réalité.

Elle s'approcha de la glace pour regarder, sur un mur, un dessin géométrique compliqué.

— C'est du plâtre moulé, n'est-ce pas ? demanda-t-elle.

— Oui.

Sophia se montrait d'une politesse glaciale.

Fatima ouvrit la porte et salua Sophia, en turc, d'une voix aiguë. Elle essayait de cacher la curiosité que lui inspirait Susan, tout à fait en vain. La jeune fille fut réconfortée par l'expression amicale de la petite servante.

— Ma mère nous attend dans la bibliothèque, dit Sophia. Nous allons l'y retrouver.

Susan la suivit le long d'une galerie, devinant que Fatima l'observait timidement. Constantina se leva pour accueillir la voyageuse quand celle-ci entra dans la bibliothèque : elle portait une robe qui sortait sans aucun doute, se dit Susan, des mains d'un grand couturier parisien.

— Mademoiselle Roberts, vous devez être gelée par cette température qui a baissé si vite, dit Constantina, pleine de sollicitude, quand Sophia eut fait les présentations. Un bon café vous réchauffera.

Elle souriait avec un charme étudié tout en versant le breuvage dans des tasses de fine porcelaine. Elle fit signe à Susan de s'asseoir à côté d'elle.

La jeune fille remarqua que Mme Menderez avait servi quatre tasses : évidemment, elle attendait l'arrivée imminente de son mari. Non sans anxiété, Susan se demanda comment elle trouverait son nouveau patron.

— Merci, dit-elle en prenant la tasse de café turc, épais et sucré.

Sophia qui était sortie de la pièce y rentra, poussant une très vieille et très petite femme dans un fauteuil roulant.

— Voici ma grand-tante, madame Gulek, dit-elle. Elle n'aime pas parler anglais mais elle parle français couramment.

Susan salua la vieille femme, en un français correct, appris à l'université, mais la nouvelle venue lui répondit sèchement, sur un ton de rebuffade. Surprise, la jeune fille détourna les yeux du vieux visage arrondi et ridé qui lui rappelait celui des vieillards de Rembrandt. Madame Gulek la fixait d'un regard indéchiffrable et cependant déconcertant. Elle se pencha légèrement en avant et parla turc à Constantina.

— Ma tante pense que vous préféreriez sans doute quelque chose de plus fort que le café, traduisit Mme Menderez.

— Le café est tout à fait ce qu'il me faut, répondit Susan en souriant chaleureusement à l'infirme.

Dire qu'à l'instant, elle croyait la vieille femme mal disposée à son égard !

Sophia s'assit, muette et boudeuse, sur un fauteuil proche du canapé où Susan avait pris place à côté de Constantina ; Mme Gulek consacra toute son attention à son café. En dépit de la conversation à bâtons rompus que Susan poursuivait avec son hôtesse, l'atmosphère demeurait contrainte.

— Ah ! ah ! La féminine Vendredi de Père est arrivée ! s'exclama soudain une voix masculine.

Le regard de Susan se tourna vers la porte où venait de paraître un jeune homme en costume de sport, chemise de jersey et chaussures de toile. Il s'était arrêté pour contempler la jeune Américaine : il admirait visiblement ce qu'il voyait, malgré son sourire légèrement narquois.

Constantina fronça un peu les sourcils. L'apparition inopinée de son fils ne devait pas lui plaire, pensa Susan.

— Mon fils Kemal. Mademoiselle Roberts, dit Mme Menderez. Kemal aime tout ce qui est américain, y compris les tournures de phrases..., particulières : les américanismes, je crois.

Il était facile de comprendre que Constantina tolérait cette manie du jeune homme, sans plus.

Les yeux de Mme Gulek brillèrent en voyant son petit-neveu. Il était évidemment son préféré dans la famille, et cela n'avait rien d'extraordinaire, décida Susan. Kemal était tout à fait charmant.

— Kemal est... je me demande comment vous les appelez en Amérique ? dit Sophia, cherchant avec une bonne dose de mépris le terme exact, un étudiant contestataire, qui a quitté l'université. Nous avons à Istanbul une foule de ses pareils, qui viennent de toute l'Europe et d'Amérique. Ils se croient remarquables, vêtus de haillons, avec des sacs à dos et une carte du pays constamment entre les mains.

— Ce sont des gens formidables, répondit Kemal avec enthousiasme. Ce sont mes amis.

— Kemal, tu seras là pour dîner ce soir.

De la part de Constantina Menderez, il s'agissait d'un ordre et non pas d'une question.

Le regard du jeune homme affronta celui de sa mère, bien qu'il continuât à sourire.

— Non, Mère, dit-il simplement.

Observant le choc des deux volontés, Susan sentit en Sophia une hostilité qui s'étendait à elle, spécialement à elle, en fait. Elle se prit à souhaiter vivement que Joseph Menderez parût enfin.

— Kemal, il faut absolument que tu dînes ici, dit impatiemment Constantina. Nous avons des invités.

Une ironie amusée éclaira les yeux de Sophia. Madame Gulek soupira profondément. Quelle atmosphère oppressante régnait dans ce palais, songea Susan.

— Je suis désolé, Mère, dit Kemal cérémonieusement. J'ai rendez-vous ce soir avec des amis.

Son regard passa, avec un amical intérêt, sur le visage de Susan.

— Je verrai probablement Paul Ashley, reprit-il. Faut-il que je l'invite à dîner pour un soir de cette semaine ? Je suis sûr que Susan...

Madame Menderez fronça les sourcils en entendant son fils appeler la jeune fille par son prénom d'une manière aussi familière.

— Je suis sûr que Susan aimerait rencontrer un compatriote à Istanbul, continuait Kemal sans se troubler.

Sophia rougit. Ses yeux brillèrent de colère. Avant même qu'elle ne réponde, Susan avait compris que Kemal provoquait sa sœur. Qui donc était Paul Ashley ?

La jeune fille s'efforça de se désintéresser de ce qui se disait autour d'elle et de boire seulement son café. Cette bataille verbale, pour elle dépourvue de sens, la décontenançait.

Sophia se leva.

— Je pense que vous souhaitez voir votre chambre, mademoiselle Roberts, dit-elle. Fatima va vous y conduire.

Elle éleva la voix pour appeler la servante qui parut aussitôt ; Sophia lui donna un ordre en turc, et Susan en comprit le sens sinon les termes : on la mettait à la porte de la bibliothèque. La révolte monta en elle, son éducation américaine refusait cette tyrannie.

Elle posa cependant sa tasse et, à son tour, se leva avec un sourire forcé. Un instant, son regard rencontra celui de Sophia et l'agressivité qu'elle y déchiffra faillit la faire reculer. Elle jeta un coup d'œil à Kemal ; il se rendait compte de la situation, elle le devina, et il était plein de sympathie pour elle.

— Je serais très contente de m'installer, en effet, se força-t-elle à dire poliment.

— Pourquoi ne m'a-t-on pas averti de l'arrivée de mademoiselle Roberts ? demanda à cet instant une voix masculine, unie, mais trahissant une bonne dose d'irritation.

Une voix indubitablement autoritaire.

Susan se retourna et se trouva face à face avec le nouveau venu. De taille moyenne, bien bâti, assez beau, au début de la cinquantaine, il avait des yeux sombres, expressifs, chaleureux, amicaux.

— Joseph, tu étais censé faire la sieste, rappela Constantina un peu gênée.

Menderez ne répondit même pas. Il s'adressa à Susan :

— Soyez la bienvenue à Istanbul, Susan, dit-il.

Le ton familier était évidemment prémédité et la jeune fille lui en fut reconnaissante. L'homme vint à elle pour lui serrer la main, sous le regard intéressé et amical de Kemal. Les trois femmes serraient les lèvres.

— Nous nous réjouissons tous de votre venue, reprit Joseph Menderez.

— Merci, monsieur Menderez. C'est passionnant pour moi de venir ici.

Susan se sentait ridiculement ingénue. Elle devait avoir l'air si gauche, à côté de l'assurance sophistiquée de Constantina et de sa fille !

Elle échangea quelques phrases avec son patron sur son voyage et ses premières impressions de la ville. C'était là un homme avec lequel il était facile de communiquer, un homme d'esprit, pensa Susan avec joie. Un homme de grande valeur aussi pour son pays quand il faisait partie de son service diplomatique, elle en avait la certitude, mais peut-être subissait-il avec impatience le formalisme du protocole, l'inévitable paperasserie... De toute façon, c'était assurément un homme sympathique et charmant.

Tout en bavardant avec lui, elle se rendait fort bien compte de la mauvaise humeur de Constantina et de Sophia. Sa présence au palais les irritait sans aucun doute, l'amitié que lui témoignait M. Menderez les agaçait. Cela tenait-il à ce que, à leur avis, une secrétaire était placée trop bas dans l'échelle sociale pour être accueillie aimablement par toute la famille ?

— Venez, Susan, dit Joseph Menderez cordialement. Je vais vous faire visiter le palais. Vous allez y être chez vous pendant l'année qui commence aujourd'hui.

CHAPITRE III

Fatima, timide et pleine d'admiration, guida Susan le long de la galerie pour la conduire à son appartement. Elle ouvrit une porte, et d'un geste invita la jeune fille à entrer dans un salon de bonne taille, élégamment meublé, pourvu de hautes fenêtres encadrées de lourds rideaux, l'une d'entre elles s'ouvrant sur un étroit balcon. Ensuite, elle fit un signe pour que Susan la suive dans la chambre à coucher. Avec un large sourire, Fatima ouvrit la porte d'un vaste placard où étaient déjà suspendus les vêtements de la voyageuse.

— Merci.

Le sourire de la jeune fille franchit la barrière du langage.

Fatima s'empressa d'allumer le charbon de bois du brasero dans la chambre, puis dans le salon, visiblement contente de la chaleur qui caressait déjà ses mains quand elle eut fini.

Restée seule, Susan, soudain, se rendit compte de la fatigue qui l'accablait : l'interminable vol, l'énervement de l'arrivée, l'impression pénible de son premier contact avec la famille Menderez l'avaient épuisée.

Elle se laissa tomber dans un fauteuil recouvert

de tapisserie, envoya promener ses chaussures d'un
coup de pied, et regarda la pièce qui l'entourait,
avec satisfaction. Tout lui rappelait qu'elle abordait
une autre civilisation, une autre culture : les tentures
murales, les tables abondamment ornementées, les
fabuleux tapis d'Orient, les braseros où le charbon
de bois incandescent dispensait une agréable chaleur.

Poussée par la curiosité, elle quitta bientôt son
fauteuil et le salon pour explorer la chambre à coucher. Le luxe de la salle de bains au sol de marbre
lui prouva que les Menderez appartenaient, d'une
certaine façon, au monde occidental.

Prendre un bain chaud dans cette superbe bai-
gnoire-piscine !... Se détendre. Le dîner ne serait
servi qu'à huit heures. Cette robe longue, noire,
achetée déraisonnablement dans un magasin élégant
de Washington devrait faire l'affaire. Il y aurait des
invités... Qui seraient-ils ?

Pendant que la baignoire se remplissait d'eau
chaude, la température de la salle de bains devenait agréablement tiède ; Susan ouvrit la penderie
pour en tirer la robe noire. A côté des robes des
dames Menderez, elle serait bien modeste, mais elle
avait du chic, décida la jeune fille.

D'un tiroir, elle tira un coffret contenant ses
bijoux de fantaisie et en inventoria le contenu. La
robe méritait pour l'accompagner quelque chose de
bien, mais une secrétaire d'homme politique à
Washington achète ses bijoux dans les grands magasins : la robe noire représentait une folie.

Elle tressaillit soudain en entendant frapper à
sa porte ; pourquoi n'avait-elle pas appris quelques
phrases turques élémentaires, quelques mots indis-
pensables, « entrez », par exemple ? Force lui fut
d'aller ouvrir.

Fatima parut, avec un plateau qu'elle posa sur une petite table marquetée : une tasse, une bouilloire, une boîte de thé... Quelqu'un, à la cuisine, avait pensé qu'elle préférerait le thé au café turc.

Susan eut l'impression de baigner dans un confort de sybarite quand elle se trouva dans l'eau délicieusement chaude, et elle but le thé parfumé à l'orange dans une tasse de délicate porcelaine. Malheureusement, son plaisir était quelque peu tempéré par le souvenir de l'attitude hostile de Sophia, et sa trop visible irritation de voir une secrétaire américaine au palais.

Par contre, Joseph Menderez était l'un des hommes les plus agréables qu'elle eût jamais rencontrés. Il avait habité Washington pendant deux ans, et avait passé du temps à Londres et à Paris, il ne fallait pas oublier cela. Sa femme et ses enfants avaient fait leurs études à Londres. Il s'agissait donc là d'une famille vraiment cosmopolite. Pourquoi Sophia était-elle si mécontente de la venue d'une secrétaire dans la maison ?

En sortant de son bain, Susan replia sur le lit la lourde courtepointe de damas et s'allongea entre les draps, vaincue par la fatigue. Elle avait peu dormi en avion et le décalage horaire l'éprouvait. Prudemment, elle remonta son réveil : il ne s'agissait pas de laisser passer l'heure du dîner pour ce premier soir !

Elle se réveilla avec peine. Fronçant les sourcils devant l'insistance agaçante de la sonnerie, elle l'interrompit et décida de se reposer encore un instant.

Elle était prise d'incertitude à propos de sa robe noire : elle se sentirait ridicule si les autres femmes étaient en robes courtes...

Non : elle mettrait la robe noire, se dit-elle finalement. Aurait-elle tant d'occasions de la porter ?

Prête, elle se regarda sévèrement dans le haut miroir qui la reflétait toute. Elle avait les yeux un peu creux, car elle était encore fatiguée en dépit de sa sieste, mais ses yeux brillaient et son teint était animé par la joie d'être arrivée à Istanbul.

Elle quitta son appartement et descendit lentement l'escalier, regardant au passage les tableaux accrochés au mur, qui reflétaient les goûts éclectiques des propriétaires. Des sons de voix animées montaient de la bibliothèque : les invités étaient arrivés.

Susan se raidit, luttant contre sa timidité, se cuirassant contre l'épreuve d'entrer dans une pièce pleine d'étrangers. Elle suivit la galerie, plaquant sur ses lèvres un sourire aimable. Pourvu que Joseph Menderez soit là ! pria-t-elle silencieusement. Avec lui, elle se sentait à l'aise.

Constantina, en robe longue, un verre à la main, s'entretenait en anglais avec deux hommes en tenue de soirée. Le plus grand, mince, portant moustaches, sans doute âgé d'environ trente-cinq ans, écoutait avec un intérêt flatteur son hôtesse parler d'une récente représentation au théâtre de la Cité. Son compagnon parlait anglais avec l'accent français. Il avait une cinquantaine d'années et était très distingué bien que son tour de taille accusât une vive prédilection pour la cuisine française.

— Ah ! Mademoiselle Roberts ! dit Constantina à la jeune fille avec un sourire cordial. Susan ! se reprit-elle. Que désirez-vous boire ? Joseph n'est pas encore descendu mais Kasim joue le rôle de barman.

— Rien, merci.

Le sourire de Susan, un peu timide, englobait tous ceux qui se trouvaient dans la pièce. Pourquoi, se demanda-t-elle, Mme Gulek était-elle si émue que la main qui tenait son verre tremblait violemment ?

— Susan, reprit Mme Menderez, je vous présente Kasim Inonu : il est l'agent de liaison entre Joseph et l'usine en même temps que son notaire. Et voici Charles Lamartine, qui connaît mon mari depuis plus longtemps qu'il n'aime l'avouer. Charles est attaché au consulat français d'Istanbul.

Constantina étincelait, ce soir. Elle paraissait extraordinairement jeune, remarqua Susan. Cet après-midi, elle était tendue : il y avait une telle contrainte dans l'atmosphère ! Cependant, comme elle écoutait la conversation sur le théâtre en général, à Paris et à Londres en particulier, elle sentit que la gaieté de Mme Menderez avait quelque chose d'artificiel : un étrange énervement faussait sa voix.

Charles Lamartine mêla Susan à leur conversation en lui posant une question sur un théâtre de Washington. Elle répondit et demanda avec intérêt si le Français avait été en poste aux Etats-Unis.

— Oui, mais il y a bien des années de cela.

Lamartine, soudain, semblait mélancolique.

— Les cerisiers de Washington sont-ils toujours aussi fantastiques au printemps ?

— Magnifiques ! répliqua la jeune fille.

Pourquoi Kasim Inonu la regardait-il de cette façon singulière ?

Charles Lamartine lui plaisait, Inonu la mettait vaguement mal à l'aise : il avait un ton sucré qui lui inspirait une méfiance instinctive.

A quelques minutes l'un de l'autre, Sophia et Joseph Menderez firent leur apparition dans la bibliothèque. Sophia était très belle, vêtue d'un caftan de tissu d'or, mais son père complimenta Susan sur sa robe et elle vit les lèvres de Sophia se crisper de mécontentement.

— Susan nous arrive de Washington, dit Menderez à Lamartine avec un sourire heureux.

— Charles sait déjà cela, déclara sèchement Constantina.

Le regard du Français devint sérieux.

— Cela signifie, je pense, que tu comptes te mettre à tes mémoires ?

— Naturellement.

Les yeux de Menderez n'exprimaient plus rien. Susan observa les deux hommes. Des signaux d'alarme s'allumaient dans son cerveau.

— Joseph..., crois-tu que ce soit là une sage décision ? demanda Lamartine d'un air soucieux.

— J'ai Kasim pour diriger l'usine, dit Menderez. Il a d'immenses capacités.

Il s'interrompit un instant avec un sourire énigmatique.

— Et de grandes ambitions, ajouta-t-il. Avec Kasim à la barre, pourquoi ne m'offrirais-je pas ce plaisir ?

Le regard de Joseph écarta Lamartine, cherchant l'appui de Susan.

— Tu seras forcé de marcher sur certains pieds, dit le Français, le front barré d'un pli soucieux. Il est des hommes haut placés qui préféreraient que leurs activités des années cinquante ne soient pas mises en lumière.

— Ce qui est une raison légitime pour que j'écrive ce livre, répliqua Joseph avec entrain.

— Je l'ai averti, dit Constantina à Lamartine. Le moment est mal choisi pour toucher à la politique. Joseph court après les ennuis !

— Quelle idée ! répondit son mari, écartant l'objection. Je dirai ce que je dois dire et rien ne se passera.

— Père, vous cherchez à vous persuader vous-même ! dit Sophia d'une voix durcie par l'exaspération. Vous allez mettre le gouvernement au défi !

— C'est bien ce que je souhaite ! répondit son père avec passion. Les événements l'exigent.

— Joseph, crois-tu qu'il soit loyal de compromettre Susan avec ton livre ? demanda Constantina.

Susan regardait l'hostilité flamber entre Joseph et sa femme ; elle les vit se replier l'un et l'autre sur une politesse prudente. Menderez se tourna vers elle avec un charmant sourire.

— Susan..., avez-vous peur de travailler avec moi à mes mémoires ?

— Non, dit doucement Susan, je n'ai pas peur.

Quelque chose, en elle, répondait intensément à la magnifique ardeur de Joseph Menderez.

— Et votre famille ? demanda Mme Gulek de sa voix gutturale. Elle vous a permis de venir ici ?

— Je n'ai pas de famille, expliqua la jeune fille. Mon père est mort quand j'avais sept ans, et ma mère m'a quittée il y a quelques mois. Je suis seule au monde... Je n'ai qu'un grand-père impotent.

Le regard aigu de Charles Lamartine fixait Susan avec une attention déconcertante. Il était évidemment du même avis que Sophia et Constantina. Lui aussi estimait qu'elle n'aurait pas dû venir là. Pourtant, que pouvait-il arriver à la secrétaire de Joseph Menderez, même si certains personnages s'opposaient à ce qu'il écrive son livre ? Quelle importance pouvait avoir pour ces gens sa présence au palais ?

Un vieux maître d'hôtel vint annoncer le dîner, et sur un ordre de la maîtresse de maison, il prit place derrière le fauteuil roulant de Mme Gulek qui lui adressa un léger sourire. Le serviteur poussa le fauteuil vers la salle à manger, les autres convives suivirent, entrant à sa suite avec Kasim, et Susan

entre Lamartine et Menderez qui évoquaient leurs
souvenirs de Washington.

La table était dressée dans la salle à manger la
moins cérémonieuse du palais, Menderez l'expliqua
à Susan quand ils furent assis. Susan se trouvait à
sa gauche, avec Lamartine à droite. A l'autre bout
de la table, Constantina bavardait avec Kasim, mais
Susan surprit des coups d'œil furtifs dans sa direction. Sophia boudait, refusant de se laisser inclure
dans la conversation, soit par Kasim, soit par Charles Lamartine.

— J'espère que vous aimerez la cuisine turque,
dit Joseph à sa jeune voisine.

— J'ai souvent pris des repas dans des restaurants turcs à New York ou à Washington, répondit
Susan en souriant. Ils font une cuisine délicieuse.

Lamartine se lança dans des souvenirs de dîners
dans des ambassades étrangères à Washington. Mais
de temps à autre, pendant toute la durée du repas,
son regard inquiet se posa sur Susan.

Après le dîner, ils regagnèrent la bibliothèque
pour prendre le café. La conversation devint sérieuse,
roulant sur la politique, et menée par Joseph Menderez et Lamartine. Susan écoutait avec intérêt ces
deux hommes éminents et parfaitement instruits de
ces questions, mais elle remarquait que Constantina
semblait effrayée. Pour la première fois, la jeune
fille se rendait compte de la gravité de la politique
turque.

Par moments, au milieu d'une conversation à
mi-voix avec Sophia et Kasim, Constantina jetait un
coup d'œil de reproche à son mari. Chaque fois,
Kasim réussissait à ramener son attention sur ce
qu'il disait. Mais finalement, Constantina réussit à
interrompre les propos de Menderez et de son ami.

— Savez-vous, Charles, dit-elle, parlant très vite,

que Tina et Nino Seferis partent avec leur yacht faire le tour du monde ? Je les aurais accompagnés si Joseph n'était pas tombé malade.

— Jamais vous ne seriez partie ! dit Sophia, regardant sa mère dans les yeux.

— Il se fait tard ! dit Kasim, devenant cérémonieux tout à coup.

Il se leva

— Il faut que je sois à l'usine de bonne heure demain matin, ajouta-t-il.

Peu après son départ, Charles Lamartine prit congé à son tour. Il voulait, expliqua-t-il, être de retour chez lui avant que n'éclate l'orage. Le vent de la mer Noire ronflait avec fureur. On entendait battre les volets.

Susan qui luttait contre le sommeil fut contente de regagner sa chambre. Il lui faudrait au moins vingt-quatre heures encore pour s'adapter au fuseau horaire et pour rattraper le sommeil perdu au-dessus de l'Atlantique.

Dans sa chambre, où le brasero atténuait le froid, Susan se prépara pour la nuit. La perspective de se coucher sous les couvertures supplémentaires, disposées sur son lit en prévision d'une nouvelle baisse de la température, la fit se presser davantage. Comme elle s'approchait finalement de sa fenêtre pour jeter un dernier regard sur le paysage insolite, elle entendit soudain frapper à la porte du petit salon. On frappait nerveusement, irrégulièrement, et le fait, à cette heure indue, l'étonna.

Elle alla vivement à la porte, et, s'attendant à voir Fatima ou une autre servante, elle l'ouvrit toute grande. Elle sursauta.

Devant elle se trouvait Mme Gulek dans son fauteuil roulant, son regard impérieux menaçant, se fixant sur elle.

— Mademoiselle Roberts...

La vieille femme se pencha en avant dans son agitation ; sa voix basse, au fort accent turc, déclara en tremblant d'une extraordinaire émotion :

— Allez-vous-en ! Ne restez pas à Istanbul ! Vous êtes en danger. Repartez. Repartez pour l'Amérique !

Abasourdie, paralysée par le choc, Susan, les yeux ronds, ne pouvait que regarder l'infirme. Celle-ci fit tourner son fauteuil avec une dextérité née d'une longue habitude, et s'en fut, roulant sans bruit sur l'épais tapis, vers le fond de la galerie. Là, sans un regard en arrière sur la jeune fille pétrifiée, elle entra dans sa chambre et en ferma la porte.

*
**

Susan s'éveilla en sursaut avec l'effrayante impression de tomber dans le vide, tendant les mains, terrifiée, pour se raccrocher à quelque chose et arrêter sa chute. Elle ouvrit enfin les yeux : sa brève entrevue avec Mme Gulek lui revenait brusquement à la mémoire.

La tempête de la veille s'était dissipée, et avec le soleil se glissant entre les rideaux, elle put évoquer calmement l'étrange visite de la vieille dame. Madame Gulek était très âgée ; sans doute vivait-elle encore dans l'Istanbul de son enfance. Dans une sorte de rêverie, elle avait imaginé on ne savait quelle mystérieuse menace planant au-dessus de la nouvelle venue, et qui n'existait que dans son esprit surexcité.

Susan jeta un regard sur la pendulette, à côté de son lit, et elle tressaillit : comme il était tard ! Pleine de remords, elle repoussa draps et couvertures et tendit la main vers sa robe de chambre. Puis elle se rappela que la veille, Joseph Menderez lui avait instamment recommandé de se reposer les deux ou trois premiers jours avant de commencer à travailler.

— Nul ne se presse à Istanbul, avait-il dit fièrement. C'est la philosophie de mon pays. Il faut savoir profiter de chaque minute de l'existence, la savourer.

Susan ouvrit les rideaux et contempla le matin radieux. L'air était embaumé par les dernières fleurs printanières. Elle avait tant de choses à voir dans cette ville fascinante ! Mais il n'y fallait pas trop de hâte : elle avait tout une année devant elle.

Elle se retourna ; on frappait à sa porte. Elle alla ouvrir à une jeune fille souriante.

— *Merhaba !* dit la voix haute et musicale de la petite servante.

Elle regardait Susan avec une franche admiration.

— *Merhaba !* répéta la jeune fille.

Il fallait absolument qu'elle étudie le livre de vocabulaire turc acheté à Washington, et qu'elle n'avait même pas eu le temps d'ouvrir.

Elle recula pour permettre à la jeune femme de chambre d'apporter sur un plateau une théière et une tasse. La petite servante hésita, puis avec un coup d'œil complice, elle posa le plateau sur une table près de la fenêtre et tira un fauteuil devant la table, après quoi elle et Susan exprimèrent par gestes leur approbation devant ces préparatifs, et riant de toutes ses dents, la jeune fille quitta la pièce à petits pas pressés.

Susan s'assit près de la haute fenêtre et but à petites gorgées son thé aromatique, tout en regardant au dehors. Un transistor se mit à tonitruer quelque part en bas et une voix stridente jeta un ordre : le bruit cessa.

Susan prit une seconde tasse de thé. Elle se sentait admirablement bien. En ce moment, à Washington, Robin finissait son café de onze heures. Non : ce ne devait pas être cela : voilà qu'elle oubliait l'exact rapport des heures. Et pourquoi penser à ce qui se passait à Washington puisqu'elle était à Istanbul ?

Elle s'habilla rapidement. Soudain, elle avait hâte de descendre. Une fois prête, elle suivit la galerie et s'engagea dans l'escalier, vers le silence du rez-de-chaussée. Hésitante, elle suivit la galerie du bas, cherchant la direction à prendre, regardant derrière les portes ouvertes.

Elle aperçut enfin Joseph Menderez attablé dans le jardin et elle traversa une pièce pour le rejoindre. Le visage de l'homme s'éclaira en la voyant.

— Bien dormi, Susan ?

— Oh ! Oui. Trop ! dit-elle avec confusion.

— Je vous l'ai dit, répondit Menderez sur un ton d'affectueux reproche, nous ne sommes pas à Washington ou à New York. Ici, nous prenons le temps d'apprécier la vie. Peut-être, pour ma part...

Une lueur gaie dans les yeux, il se reprit :

— Je n'ai peut-être pas très bien mis ce principe en pratique, mias ma crise cardiaque m'a rappelé à l'ordre.

Un instant, son regard se fit plus sérieux. Sans doute se souvenait-il de sa rencontre avec la mort.

— Je me suis occidentalisé de bien des manières, mais en cela, j'ai décidé de revenir aux habitudes turques. J'ai commandé pour vous et moi un petit déjeuner à l'américaine : je me suis habitué à cela à Washington.

Ses yeux pétillèrent.

— C'est peut-être de la pose... mais cela m'est agréable.

Il faisait chaud ce matin-là ; l'air sentait presque

trop bon. Les pétales d'un magnolia proche jon-
chaient le sol. En un instant d'agréable, d'amical
silence, Susan se demanda si elle allait parler à
Joseph Menderez de la singulière visite de
Mme Gulek, puis elle décida de n'en rien faire :
cela pouvait l'inquiéter.

— Je tiens à ce que vous vous reposiez deux ou
trois jours, lui rappela-t-il. Ensuite, pendant quelques jours, nous ne ferons que parler de Washington.
Vous rafraîchirez les souvenirs que j'en garde. Dans
deux semaines environ, je commencerai à vous dicter
le premier jet de mon ouvrage.

Son regard, soudain, devint soucieux.

— Vous n'allez pas avoir le mal du pays ?

— Oh ! Non ! affirma la jeune fille doucement.

Amahl, le maître d'hôtel, arriva, portant un plateau. Il mit devant les deux convives des tranches
de melon frais. Pendant qu'ils déjeunaient, Joseph
parla à Susan de Sainte Sophie et de la Mosquée
Bleue, toutes proches l'une de l'autre.

— La Mosquée Bleue, la mosquée du sultan
Ahmet, est seule à Istanbul à être pourvue de six
minarets. Elle est incroyablement immense et magnifique, un chef-d'œuvre qui a exigé sept années d'efforts pour sa construction.

Amahl reparut, apportant des œufs et du jambon, une corbeille de croissants et une théière. Susan
fut ravie de manger des œufs au jambon américain,
avec des croissants français, dans le jardin d'un
palais turc.

— Kemal ! s'exclama soudain M. Menderez.

Sa voix exprimait une chaleureuse bienvenue ;
Susan se retourna pour sourire au jeune homme.

— Viens déjeuner avec nous, lui dit son père.
Tu n'as pas encore fait la connaissance de...

— Si, si ! interrompit Kemal avec un grand sourire. Hier après-midi, Susan venait d'arriver.

Il s'assit entre Joseph et la jeune fille.

— J'ai dit à Amahl de me servir ici, près de vous.

Le ton respectueux de sa voix était plus oriental qu'occidental.

— Après cela, mon ami, je voudrais que tu emmènes Susan et que tu lui montres un peu Istanbul. Mais pas tout en même temps, recommanda Joseph Menderez en riant.

— Oui, bien sûr, acquiesça Kemal.

Mais Susan avait eu le temps de lire la consternation dans ses yeux. Evidemment, il avait formé d'autres projets pour la journée. Elle était ennuyée de le contrarier, mais comment pouvait-elle s'opposer aux ordres de M. Menderez ? Il avait l'air enchanté d'avoir ainsi organisé les choses pour elle.

— Nous partirons dans une heure, Susan ; cela vous convient-il ? demanda Kemal.

Il se montrait légèrement cérémonieux, mais cependant amical.

— N'aviez-vous pas d'autres idées pour occuper votre temps ? demanda Susan, essayant de lui éviter une corvée. Nous pourrions...

— Il n'a rigoureusement rien à faire, déclara Joseph impatiemment. Depuis qu'il a décidé d'abandonner ses études, il est totalement désœuvré.

Ainsi, lui aussi avait compris qu'il contrecarrait les intentions de son fils.

Le sourire de ce dernier perdit sa spontanéité, la tristesse envahit son regard.

— Nous passerons toute la journée en ville, Susan, dit-il cependant avec gentillesse. Nous déjeunerons au Pandeli.

Joseph Menderez se taisait, à présent, seulement

occupé de son repas. Il était profondément affligé de ce que son fils eût quitté l'université, Susan le comprenait trop bien, et elle était pleine de commisération. En dépit de son pouvoir, de sa fortune, de son autorité, il était incapable d'influencer Kemal.

Après un moment, elle s'excusa et partit se préparer pour son excursion en ville. Kemal et son père restèrent à table, buvant du thé, et conversant avec gêne. Joseph Menderez, pensa Susan, devait avoir un tempérament tyrannique, qu'il maîtrisait rigoureusement, mais Sophia, la veille, avait fait allusion à la désapprobation de la famille quant aux amis de son frère. Ces amis qu'il devait rencontrer aujourd'hui, sans doute, ce que son père avait deviné...

Il devait y avoir également des conflits entre lui et Sophia, de caractère indépendant et de goûts modernes. Dans la Turquie d'autrefois, une telle attitude n'aurait pas été possible. Susan commençait à se rendre compte de la complexité de la vie dans un pays à la fois oriental et occidental.

Elle aperçut Mme Gulek qui sortait de sa chambre, en haut de l'escalier, dans son fauteuil roulant mû électriquement ; elle se dirigeait vers l'ascenseur spécialement aménagé pour elle.

— Bonjour, mademoiselle Suzanne ! dit-elle, en français.

La voix était froide, le regard glacé. La vieille femme évitait délibérément de parler anglais, comme pour afficher son antipathie pour les Américains. Sa manière d'être, cependant, ne rappelait en rien son étrange intervention de la veille au soir.

— Bonjour, madame Gulek..., répondit Susan, également en français.

Elle réussit à sourire poliment et se rendit à son

appartement tandis que l'infirme s'approchait de l'ascenseur.

La jeune fille inspecta son sac à main pour s'assurer qu'elle avait bien des livres turques dans son porte-monnaie et que ses chèques de voyage étaient en place dans son portefeuille. Si Kemal la conduisait dans un bazar, elle achèterait quelque chose pour son grand-père... Quelque chose que l'infirmier pourrait accrocher au mur devant lui afin qu'il le regarde de temps en temps et sache que sa petite-fille pensait à lui.

Elle regardait fixement le portefeuille de l'American-Express qui contenait les chèques, mais elle voyait tout autre chose : le regard angoissé de son grand-père, quand elle était allée lui annoncer son départ et lui dire adieu, un regard qui la suppliait en silence de ne pas partir...

Elle était debout près du lit du malade... Elle expliquait que Bill Cargill, que le vieillard respectait profondément, approuvait le projet et la poussait à partir, qu'elle retrouverait son emploi auprès de lui à son retour... Brusquement, elle s'était tue, interrompue par le regard anxieux. Il essayait désespérément de parler... Elle s'était penchée en avant, essayant de lire les mots sur ses lèvres : leur seul moyen de communiquer.

— N'y va pas, Susie ! N'y va pas !

Et maintenant, elle se rappelait l'émotion violente du regard de Mme Gulek, la veille au soir...

Non !, il ne fallait pas songer à cela. Les sourcils joints, elle referma son sac, prit la veste qu'elle avait tirée du placard un peu plus tôt et sortit rapidement de sa chambre.

A mi-chemin de l'escalier, elle s'arrêta : sa main serra la rampe cirée, des voix montaient vers elle, venant de la bibliothèque. Leur ton, plutôt que les paroles prononcées, l'alertait : Sophia criait en turc, Kemal répondait avec autant de violence. La jeune fille rougit : Sophia, puis son frère, avaient prononcé son nom. Ils se disputaient à son sujet !

Sans nul doute, Sophia était furieuse parce que Kemal emmenait Susan voir Istanbul.

La jeune fille se rendit au jardin, près de la table où elle déjeunait quelques minutes auparavant en compagnie des deux hommes. Ils n'étaient plus là ni l'un ni l'autre ; une femme de chambre desservait. Elle sourit timidement.

CHAPITRE IV

Susan s'assit pour attendre Kemal, essayant de mettre de l'ordre dans ses pensées inquiètes. Qu'y avait-il donc en elle qui pût porter ombrage à Sophia, la mettre dans une telle colère ?

Ses réflexions furent interrompues par l'apparition de Kemal ; à sa demande, elle l'accompagna au garage où ils montèrent en voiture. Quelques minutes plus tard, ils roulaient dans ce quartier de luxueuses résidences en direction de l'antique cité. Kemal conduisait avec une sage lenteur, les autres automobilistes n'avaient pas l'air plus pressés que lui.

— On ne peut pas faire de vitesse ici, expliqua-t-il. On ne sait jamais si quelqu'un ne va pas traverser devant vous et s'arrêter brusquement.

Il semblait de très bonne humeur à présent.

Il n'y avait pas de feux de circulation en vue ; sans doute n'en existait-il que dans les quartiers plus populaires, pensa la jeune fille. Par contre, de nombreux agents de police dirigeaient les voitures à coup de sifflet. Mais personne ne s'énervait.

— Nous allons retrouver des amis à moi, dit Kemal avec flegme.

Ils s'étaient arrêtés derrière une voiture qui débarquait ses passagers sur un trottoir.

— Ça ne vous ennuie pas ?

— Au contraire, dit Susan.

— Pas tout de suite, rectifia le jeune homme. Nous les rejoindrons pour déjeuner.

Susan s'abandonna contre le dossier de son siège, intéressée par ce qu'elle voyait, surprise de ce que la circulation désordonnée ne parût gêner personne. Elle pensait à la rage collective des automobilistes dans les rues surchargées de Washington, quand les gens impatients débordent en invectives.

— Il faut que je passe sur la file du centre, dit Kemal. Sinon, nous passerons la journée à attendre que les *dolmus* débarquent leurs clients.

Il coupa tranquillement la route d'une autre voiture pour prendre la place qu'il voulait.

Amusée, Susan observait une nuée de petits garçons qui couraient par les rues, transportant des tasses de thé ou de café sur des plateaux. Les cireurs de chaussures, avec leurs boîtes fraîchement repeintes, guettaient les clients pour effectuer un travail qui passe pour être le plus parfaitement exécuté dans le monde. Des camelots transportaient leurs marchandises sur deux plateaux suspendus à une perche qui reposait sur leur nuque. Des marchands ambulants servaient des sorbets turcs contenus dans des flacons gainés de cuir orné de cuivre, de chrome et de fer forgé. Les marchands de bonbons étaient entourés de femmes qui faisaient leur choix avec une joie enfantine, les hommes préférant acquérir de petits pains ronds cuits avec de l'huile de sésame et semés de petites graines. Des boutiques improvisées en plein vent offraient un assortiment de noix diverses, de graines de citrouilles grillées et de pois chiches que les gens pointilleux dédaignaient à cause de la poussière qui recouvrait le tout.

— Qu'est-ce que c'est que « *dolmus* » ? demanda Susan, remarquant le terme inconnu.

— C'est un taxi public, en quelque sorte, expliqua Kemal. C'est très pratique : les *dolmus* ont une bande jaune sur leur carrosserie pour les distinguer des autres taxis. Ils suivent un itinéraire fixe : y monte qui veut. Quand ils sont pleins, ils partent, en lâchant leurs passagers en chemin, où ils veulent descendre. Ils sont bon marché, mais quand on n'est pas au courant des prix, on risque de payer trop cher.

Kemal tourna dans une vieille rue étroite qui les ramena à cinq siècles en arrière. Susan ouvrit de grands yeux quand le jeune homme arrêta paisiblement sa voiture sur le trottoir.

— C'est permis, dit-il. A Istanbul, on gare sa voiture où on peut.

Il regarda sa montre.

— Nous avons du temps avant d'aller retrouver Iris et Paul, dit-il.

Ce devait être Paul Ashley, l'Américain dont il avait déjà parlé, pensa Susan.

Il la guida le long de la rue, lui tenant le coude ; ils avancèrent dans la cohue.

— Les plus belles mosquées sont ici, expliqua Kemal. Mais on ne peut pas visiter Istanbul sans commencer par un tour au Sérail.

— Le palais Topkapi ? demanda Susan, les yeux brillants.

Elle se souvenait de gravures collectionnées par sa mère et des articles décrivant le palais ; sa mère les lui lisait tout haut avec enthousiasme.

Ils visitèrent les splendeurs du Sérail, le palais Topkapi, situé sur un promontoire formé par le

Bosphore et la Corne d'Or. Ils explorèrent la forte-
resse primitive, commencée en 1462 par Mehmet II
et continuée, avec plus de soin et de perfection
par les sultans successifs, un labyrinthe de cours,
de jardins et de bâtiments immenses destinés à loger
les milliers d'individus qui servaient les sultans d'autrefois.

Du palais, les jeunes gens se rendirent à pied à
Sainte Sophie, reconstruite au cours des trente ans
qui suivirent les émeutes de l'Hippodrome, en 532,
par Justinien.

— L'histoire rapporte, dit Kemal, tandis que
Susan admirait silencieusement les marbres merveil-
leusement sculptés, les imposantes portes de bronze,
les mosaïques superbement conservées, que lorsque
Justinien vit Sainte Sophie enfin terminée, il s'écria :
« O Salomon ! Tu es vaincu ! »

— A-t-on la permission d'entrer ?

— Oui. Aujourd'hui, c'est devenu un musée.

Ils prirent des tickets et suivirent les visiteurs
qui entraient dans l'immense nef. Impressionnée,
Susan contempla le dôme gigantesque qui en cou-
ronne le centre, avec plus de trente mètres de diamètre, et qui repose sur deux demi-dômes. Quelle
extraordinaire performance architecturale ! songeait-
elle.

Kemal parlait presque bas, racontant avec respect
l'histoire de Sainte Sophie.

— Sainte Sophie a été ouverte aux chrétiens
en 360, disait-il. En 1453, Mehmet le Conquérant
en a fait une mosquée. Il engagea le plus célèbre
architecte de l'époque, Sinan, pour l'environner
d'oratoires.

De Sainte Sophie, Kemal emmena Susan à la
mosquée du sultan Ahmet, la Mosquée Bleue.

— A la Mosquée Bleue, dit-il, on nous donnera

de grands chaussons à mettre sur nos chaussures, afin de protéger les précieux tapis. Mais il nous faudra demander une tunique pour vous, parce que votre robe est courte et sans manches. Il y a des tuniques en réserve pour tous les visiteurs qui en ont besoin.

Il avait l'air un peu confus.

Susan regarda autour d'elle, fascinée par les proportions de la mosquée. A l'intérieur, elle contempla avec une admiration extasiée les carreaux bleus, brillants, qui revêtaient les murs. Ils reflétaient la lumière bleutée du soleil qui ruisselait par les deux cent soixante fenêtres de l'édifice. Kemal lui fit observer que le dôme central avait près de trois mètres de plus de diamètre que celui de Sainte Sophie. La jeune fille admira les dessins exquis des tapis de prières disposés sur le sol magnifiquement parqueté.

Les larmes aux yeux, Susan observait ces trésors de beauté, se rappelant qu'elle avait tant désiré venir avec sa mère. Elle faisait aujourd'hui une sorte de pèlerinage, mais elle refusa de se laisser aller au chagrin. Elle dit seulement :

— Merci, Kemal, de m'avoir amenée là pour me faire admirer tant de splendeurs.

Après la Mosquée Bleue, le jeune homme se dirigea jusqu'à l'entrée du Bazar égyptien. Il en franchit le seuil et guida Susan vers la porte d'où l'on montait au restaurant.

— Mes amis sont dans la première salle.

Kemal mit une main sur le bras de Susan.

— Avez-vous faim ? demanda-t-il.

— Je suis affamée, avoua Susan, reniflant le parfum d'une cuisine délicatement épicée.

— Les voilà !

L'exclamation de Kemal exprimait sa joie. Il

salua d'un geste joyeux un couple assis à une table
près d'une fenêtre.

— Iris et Paul, dit-il.

Ils se frayèrent un chemin jusqu'à la table où
Iris, en jean fané et chemisier de coton orné d'un
lourd collier d'argent, se penchait pour parler à
Paul. Une veine de son cou battait à cause de
l'intensité des paroles qu'elle prononçait avec un
accent nettement anglais. C'était une petite blonde
vive, aux yeux bleus, au teint délicat, et aux traits
un peu trop accentués pour qu'elle fût vraiment
jolie. Elle était pleine de charme, pensa Susan, et
devait avoir environ vingt ans. Paul Ashley, pour
sa part, avait des cheveux très blonds, une peau
bronzée par le soleil, et il était beau garçon.
Il fut sympathique à Susan à première vue.

— Vous êtes en retard, dit Iris.

Elle dévisageait Susan avec une franche curiosité.
Les nouveaux venus prirent place à la table.

— J'aurais pu boire six citronnades en t'attendant, reprit Iris.

— Non, contredit Kemal. Pas tant que ça !

— Vous avez vraiment fait un grand voyage
pour écrire un livre sous la dictée de l'auteur ! dit
Iris à Susan sans attendre la formalité des présentations. Il faut dire que vous devez avoir un trai-
tement très supérieur à ce qu'on m'a offert pour
être secrétaire à Londres.

— Quand as-tu jamais été secrétaire ? demanda
Kemal.

Il désirait certainement qu'Iris garde sa bonne
humeur.

— J'ai fait un tas de choses quand j'ai quitté
l'école, mon chou, répondit Iris. J'avais seulement
quinze ans, et je n'avais pas une famille habitant
les beaux quartiers pour m'envoyer à l'université.

— Tu t'es parfaitement débrouillée, dit Kemal.

— Je recommencerai peut-être à suivre des cours quand j'en aurai assez de ce genre de vie, déclara Iris d'un air détaché. Travailler un an, étudier un an...

Elle haussa les épaules. Kemal, visiblement, considérait cela comme des paroles en l'air, mais Susan comprenait que cette jeune fille parlait sérieusement.

— Que pensez-vous d'Istanbul ? demanda Paul à Susan.

— Comment pourrais-je ne pas être passionnée ? répondit Susan en souriant, mais un peu mal à l'aise cependant, sous le regard insistant et critique d'Iris.

— Paul a vécu à Washington, dit celle-ci. Je ne vois vraiment pas pourquoi le père de Kemal ne s'est pas adressé à lui pour avoir des renseignements sur la ville.

— Paul n'est pas sténographe, dit Kemal, évidemment ennuyé par le tour que prenait la conversation.

— Commandons le déjeuner, conseilla Paul, voyant un garçon s'approcher.

Susan se rendait compte des efforts faits par Kemal pour calmer Iris, visiblement irritée du changement survenu dans les projets de la journée. Paul s'appliqua à guider Susan à travers le menu ; les deux autres commandèrent prestement et continuèrent leur joute orale.

— Etes-vous jamais allée à Tanger ? demanda soudain Iris à Susan, interrompant Kemal au milieu d'une phrase.

— Je ne suis jamais allée nulle part hors des Etats-Unis jusqu'à hier, répondit Susan simplement.

— J'ai envie de repartir, dit Iris, bravant Kemal du regard. Peut-être pour Tanger ?

— Iris, tu dis des bêtises ! remarqua gentiment Kemal.

— Kemal et moi venons de voyager pendant dix jours en Asie, reprit Iris. La misère des gens m'a écœurée. Nous avons vu des gens vivre comme des Occidentaux seraient incapables de l'imaginer. Vos ghettos américains seraient des paradis pour ces malheureux.

— Elle a raison, dit sérieusement Kemal. Dans les provinces orientales, les conditions de vie sont incroyablement misérables. Les paysans creusent leurs habitations dans la falaise, pour avoir une seule pièce destinée à toute une famille. Les plus riches ont une fenêtre. Quant à la nourriture...

L'angoisse assombrissait son regard.

— Ils ont à peine de quoi rester en vie.

— Kemal, dit soudain Paul, permets-moi de monopoliser Susan après le déjeuner. Iris voudrait que tu l'emmènes à cette boutique de maroquinerie qu'elle aime tant ; tu l'aideras à choisir une veste de cuir pour son frère.

Paul, ayant laissé entendre que Kemal était sa propriété à elle, Iris se détendit. Elle se mit à parler avec animation de leurs dix jours de voyage. Pendant ce temps, Susan s'apercevait des fréquents coups d'œil de Paul dans sa direction. Une fois, même, elle rencontra carrément son regard et le jeune homme fut aussi décontenancé qu'un petit garçon pris en flagrant délit d'admiration pour une femme.

Après le repas, les jeunes gens se séparèrent comme ils en avaient convenu. Kemal et Iris partirent pour le centre, Susan et Paul se dirigeant vers de petites rues où Susan espérait pouvoir faire quelques emplettes.

— Comment se fait-il que vous soyez venue à

Istanbul ? demanda Susan à Paul comme ils regardaient l'éventaire d'une petite boutique.

— Question d'argent, répondit Paul. Où pourrais-je vivre aussi confortablement pour si peu ? Je travaillais dans la publicité et j'ai fait suffisamment d'économies pour me permettre de subsister un an ici. Je suppose qu'au bout de ce temps, j'aurai terminé mon livre et que je pourrais rentrer en Amérique. Je connais ici un ménage américain qui habite une villa meublée, avec une domestique à temps complet, et qui dépense moins de cent dollars par semaine. Je vis pour encore bien moins que cela !

— J'ai lu je ne sais où qu'on peut louer ici une maison pour soixante ou soixante-dix dollars. Est-ce possible ?

Tout en parlant, Susan regardait un presse-papier qui pourrait orner la table de chevet de son grand-père... Et puis non, il ne serait pas capable de tourner suffisamment la tête pour le regarder.

— C'est vrai, dit Paul. Et Istanbul est plein de petits restaurants à bon marché. Bien sûr, je ne parle pas des pièges à touristes, mais sérieusement, en plus de la question financière, je suis venu ici pour faire des recherches au sujet de mon roman. Cela m'a énormément aidé.

Ils sortirent du magasin dans la rue encombrée ; les enfants étaient libérés de l'école, les filles tristement démodées avec leurs tabliers noirs à cols blancs. Susan discuta avec un camelot le prix d'une magnifique ceinture de cuir ornée d'une superbe boucle de métal.

— Prenez votre temps, lui dit Paul. Je vais faire cirer mes chaussures.

Il jeta un coup d'œil sur ses souliers poussiéreux.

— A Istanbul, cirer les chaussures est un art, ajouta-t-il.

Il s'en fut vers un petit garçon qui guettait anxieusement les clients. Il lui dit quelques mots, l'enfant hochant énergiquement la tête. Susan les observa un moment ; le petit cireur mélangeait gravement le cirage de deux boîtes pour obtenir la teinte la plus proche des chaussures du jeune homme.

Pendant ce temps, le marchand ambulant s'efforçait de faire du charme pour inciter Susan, en un anglais à peine reconnaissable, à lui acheter des ceintures.

— Ces deux-là, décida enfin la jeune fille.

Elle chercha dans son sac les livres turques nécessaires au paiement de son acquisition. L'échange des ceintures contre l'argent se fit avec force sourires, acheteuse et vendeur enchantés tous les deux de la transaction. Susan avait admiré, sans les acheter, des ceintures semblables à Washington, vendues au prix de trente dollars : elle venait de payer dix fois moins pour les deux. Elle était ravie.

Elle mit le petit paquet dans son sac et se disposa à rejoindre Paul, mais à ce moment, un garçonnet brun qui ne devait pas avoir plus de neuf ans, ses grands yeux noirs fixés sur son visage, se mit en travers de son chemin.

— Allez-vous-en ! dit-il d'un ton menaçant, parlant anglais avec un fort accent. Quittez Istanbul, ou bien vous allez mourir !

Elle le regarda avec stupeur, paralysée par le choc. L'enfant tourna les talons et s'enfuit.

— Attendez ! cria-t-elle, d'une voix rauque. Paul !

Mais avant que Paul ait eu le temps de répondre, elle était partie à la poursuite du petit garçon.

Il galopait, contournant passants et marchands, dans la seule idée de fuir.

— Attends ! cria Susan sans se soucier de ce que pouvaient penser les passants, qui la regardaient avec curiosité.

Le petit garçon fonça entre un vendeur de sorbets et un marchand de bonbons : Susan suivit. Puis elle s'arrêta brusquement : où était passé le garnement ? Hors d'haleine, elle regarda autour d'elle, cherchant du regard un objectif devenu invisible.

— Susan...

Paul la rattrapa, l'air anxieux.

— Que s'est-il passé ?

Elle luttait pour recouvrer son calme.

— Un petit garçon est venu se planter devant moi. Il m'a dit...

Elle s'interrompit, la gorge serrée par l'émotion.

— Il m'a dit : « Quittez Istanbul ou vous allez mourir ! »

— Un cinglé l'aura envoyé vous dire ça, probablement pour une livre ! dit Paul.

Il s'efforçait de prendre un ton léger mais il était impressionné.

— J'ai essayé de le poursuivre, mais il courait trop vite... Il m'a glissé entre les doigts...

Le cœur de la jeune fille battait à grands coups.

— Je ne sais pas où il est passé, acheva-t-elle. Paul, est-on très anti-américain, ici ?

— Le gouvernement le nie, mais c'est certain. En tout cas, il l'a été longtemps !

— Mais pourquoi s'adresser à moi ?

Susan hésita avant de poursuivre.

— Croyez-vous que cette affaire pourrait avoir un rapport quelconque avec les mémoires de monsieur Menderez ?

Elle regardait le jeune homme avec anxiété. Puis elle secoua la tête avant qu'il eût répondu :

— Non, c'est ridicule. Monsieur Menderez pourrait me trouver une remplaçante en quelques jours.

— Oui, bien sûr, mais... si quelque chose vous arrivait...

Paul fronçait les sourcils, hésitant à exprimer aussi nettement sa pensée :

— Menderez renoncerait peut-être à écrire son livre.

— Non, déclara Susan avec conviction. Il serait plus décidé que jamais à le faire paraître.

— Sans doute avez-vous raison ; Menderez est un homme qui tient à ses idées et qui a une volonté de fer. Je suis sûr que cet incident n'a rien à voir avec l'emploi que vous êtes appelée à occuper au palais, dit Paul avec fermeté. Il a été organisé par quelqu'un qui a vu de trop nombreux et trop mauvais films américains. Un anti-américain fanatique.

Il sourit.

— Avec vos cheveux blonds et votre sveltesse, vous êtes signée. Toutes les femmes blondes et minces, à Istanbul, sont considérées comme des Américaines.

Il eut un sourire rassurant et prit la main de Susan, devinant que l'épisode l'avait bouleversée.

— Venez : allons faire un tour dans le grand bazar : environ quatre mille boutiques dans un seul immense bâtiment ! Cela devrait impressionner même une ravissante Américaine !

— La plupart des bazars, ainsi que vous avez dû le remarquer, se trouvent au dehors, avec des auvents de toile pour protéger les chalands du soleil ou de la pluie. Celui-ci est entièrement couvert par un unique édifice, expliqua Paul à Susan.

Ils approchaient du *Kapaliçarsi*, le Grand Bazar.

— C'est encore plus vaste que le grand magasin « Macy » de New York. La section, là-bas, le Vieux Bazar, vend de merveilleux objets anciens, mais n'achetez rien à moins que Kemal ne soit avec vous : les marchands tondent les touristes sans merci.

Côte à côte, les jeunes gens s'avancèrent dans le gigantesque bâtiment, marchant lentement dans les allées étroites qui séparaient les boutiques, admirant les étalages exotiques de cuivres, de vieux pistolets et d'armes blanches, d'antiquités, de vêtements orientaux, de carreaux de faïence et de tapis.

— Nous dînerons dans un restaurant où on mange du poisson et qu'il faut absolument connaître, dit Paul. Ce soir, je suis décidé à faire des extravagances.

Susan le regarda avec surprise. Kemal avait-il l'intention de ne pas rentrer dîner au palais ?

— Nous avons organisé cela, Kemal et moi, lui dit son compagnon en souriant. Aimez-vous le poisson ?

— Je l'adore !

— L'endroit est fantastique, reprit Paul. Il vous plaira.

Le regard perdu, il évoquait ses souvenirs.

— Pour ma première nuit à Istanbul, je logeais dans un petit hôtel qui donnait sur le Bosphore. Je me suis réveillé de bonne heure et je suis allé à la fenêtre. Une brume féerique voilait la mer : j'entendais crier les mouettes, et à l'est, le soleil se levait. Les bateaux sifflaient comme des fous, les ferrys étaient déjà en action, les pêcheurs étaient sortis. Ce fut une extraordinaire prise de contact avec cette ville fascinante.

Susan hocha la tête, mais elle était préoccupée.

— Je pense que je ne reverrai jamais ce petit

garçon, dit-elle avec une grimace. (Elle se força à
sourire.) D'ailleurs, si je le revoyais, cela ne chan-
gerait pas grand-chose. Je suppose que tout Américain ayant voyagé en Europe ou en Asie a rencontré de l'anti-américanisme à un moment ou à
un autre.

Elle fronça les sourcils en se rappelant les récits
de Robin.

— Si tu savais ! Ils nous détestent, là-bas !

— Nous avons tant de choses, dit Paul doucement, et tant de pauvres gens ici en ont si peu !

— Où êtes-vous né ? demanda Susan avec curiosité. A New York ?

— Ma sœur, qui a deux ans de moins que moi,
et moi sommes nés dans la banlieue de New York.
Lorsque Lee a eu dix ans et moi douze, mes parents
ont fait le contraire de ce que font les gens d'habitude : ils ont quitté la banlieue et ils sont venus
habiter la ville. Ils voulaient que leurs enfants
sachent que les Américains n'appartiennent pas à
une société d'une seule classe et d'une seule couleur.
L'atmosphère stimulante de la ville leur manquait.
Ils ont décidé d'échanger leurs problèmes de ban-
lieusards contre des problèmes de citadins, et aucun
de nous ne l'a jamais regretté.

— J'ai beaucoup aimé New York chaque fois
que j'y suis allée, dit Susan.

Un instant, elle fut triste au souvenir des week-
ends qu'elle avait passés là avec sa mère.

— J'ai grandi avec le Museum d'Histoire natu-
relle pour ami, continuait Paul. Je n'aurais jamais
obtenu mes diplômes de l'université sans la bibliothèque de la quarante-deuxième rue. Central Park
était mon jardin. On ne peut rien avoir de mieux.
Savez-vous que des gens qui habitent à cinquante
minutes de Manhattan ne sont jamais allés à Central

Park ? Ni au centre de la ville ? Ils n'ont jamais vu les toiles des vieux maîtres au Musée Métropolitain, ou les nouveaux maîtres au Musée d'Art Moderne. Ils n'ont jamais pris le bateau pour faire le tour de l'île de Manhattan, ils n'ont jamais parcouru à pied la Cinquième Avenue par un frais après-midi d'automne !

Il se tourna vers la jeune fille, l'interrogeant du regard.

— Et vous, Susan ? Qu'est-ce qui vous passionne ?

— J'ai passé deux années formidables à Washington. Avant cela, je vivais dans une petite ville, près de Pittsburgh. Nous étions seulement mon grand-père, ma mère et moi. Mais nous nous aimions beaucoup.

Avec un plaisir inattendu, elle décrivit à Paul l'amour que portait sa mère à tout ce qui venait du Moyen-Orient. Elle fit allusion au voyage projeté, qui ne s'était pas réalisé.

Paul lui parla du roman qu'il écrivait avec un enthousiasme qui éveilla le respect de Susan.

— J'ai pris l'habitude de travailler la nuit, expliqua-t-il. Cela me laisse la journée pour m'imprégner de l'atmosphère d'Istanbul et faire des recherches dans les bibliothèques. Jusqu'à présent, mes voisins ne se sont pas plaints.

Il se mit à rire.

— Ou bien ils boivent beaucoup de *raki* en dînant, ou bien ils ont le sommeil très lourd.

Quoi qu'entreprît Paul Ashley, pensa Susan, il devait s'y donner tout entier. Pour le moment, il regardait sa montre.

— Nous ferions bien d'aller à pied au pont de Galata, dit-il. Il faut y arriver avant le coucher du soleil pour avoir une bonne table.

Ils quittèrent le Bazar et descendirent une rue en pente. Ils allaient tranquillement, n'étant pas très pressés de rejoindre leurs compagnons. Leur conversation tomba sur Joseph Menderez.

— C'est un homme terriblement complexe, dit Paul avec respect. Un homme cosmopolite dans un pays où le passé demeure encore sous la surface. Ses sœurs, d'après ce que j'en sais, sont toutes les deux mariées à des professeurs d'université grecs. La situation, là-bas, n'est pas très sûre. Je sais qu'il s'inquiète de leur sort.

— Le palais doit appartenir à la famille depuis des générations ? dit Susan.

Elle héistait à poser des questions à Kemal sur sa famille, bien qu'il fût assez ouvert ; elle préférait interroger Paul.

— Depuis très longtemps, répondit ce dernier. Le palais constitue la majeure partie de l'héritage des Menderez. Il a construit sa fortune depuis qu'il a quitté la diplomatie et qu'il est entré dans l'industrie. Il a un don, dit Kemal, pour comprendre les machines et le gouvernement encourage le développement de l'industrie.

— Paul, dit Susan, croyez-vous qu'il ait tort d'écrire ses mémoires ?

Elle rougit brusquement. Elle avait posé la question sans réfléchir.

— Je crois qu'il est de son devoir de les écrire, dit Paul. C'est un sincère partisan du système démocratique ; c'est l'une des raisons qui lui font apprécier l'Amérique. Etes-vous encore tourmentée par cet imbécile qui vous a envoyé ce gosse, tout à l'heure ?

— Non, mentit précipitamment Susan. Je suis seulement curieuse, intriguée.

Soudain, Paul décida de prendre un taxi pour

se rendre de l'autre côté du pont. Quand ils descendirent du véhicule, ils se rendirent à pied sous le pont de Galata, pour passer devant une succession de petits restaurants.

— Ce n'est pas là que nous allons, dit Paul avec un regard méprisant sur les tables de matière plastique et les lampions. Nous marchons encore un peu.

Ils suivirent la partie basse du pont aussi loin qu'ils purent aller, puis Paul entraîna la jeune fille derrière l'escalier qui montait vers la piste automobile. Au bout du trottoir, ils trouvèrent enfin le club des amateurs de poisson.

— Officiellement, expliqua Paul, il s'agit d'un club, de sorte qu'ils n'ont pas à se conformer aux prix fixés par les autorités, mais malgré cela, vous ne paierez pas plus cher que dans une cafétéria aux Etats-Unis.

Il fit entrer Susan dans la salle du restaurant qui était décorée d'ancres, de filets de pêcheurs et de lanternes, puis quand elle l'eût admirée, ils ressortirent et s'installèrent à la terrasse.

— Voilà le menu, dit Paul, montrant un tableau noir accroché au mur derrière le comptoir.

Mais Susan n'avait d'yeux que pour la vue, le soleil amorçait sa descente dans un ciel noyé de couleurs.

A peine dix minutes plus tard, Kemal et Iris, la main dans la main, apparurent et vinrent les rejoindre.

— La dernière fois que nous sommes venus ici, dit Iris, nous sommes tombés sur Sophia avec un de ses élégants amis.

— Sophia a passé plus de temps à l'étranger que dans son pays, dit Kemal sèchement. Parfois, elle oublie qu'elle est turque.

— Je doute que son père le lui laisse oublier

longtemps ! dit Iris avec un sourire énigmatique.
Il est encore comme un sultan dans son palais.

Du regard, elle défiait le jeune homme de la
contredire.

Kemal sourit avec amusement, mais son regard
se troublait.

— Iris, tu sais bien que je suis mal vu en ce
moment, dit-il. Mon père ne peut accepter que j'aie
abandonné mes études. Il ne veut pas comprendre
ce qui arrive aux étudiants aujourd'hui, non seulement à Instanbul mais dans le monde entier. Et
moi... je ne peux pas accepter la réaction du gouvernement qui fait fi de la constitution. Comment
mon père peut-il garder le silence ?

— Parce qu'il est assez malin pour se taire !
riposta Iris, crûment.

— Il va écrire ses mémoires, leur rappela Susan.

Ils parlaient anglais. Malgré cela, Paul, par
gestes, incita Kemal à plus de prudence. Le serveur
approchait.

Ils commandèrent des hors-d'œuvre.

— Commandez votre poisson dès que les hors-
d'œuvre arriveront, leur recommanda Kemal. Le
serveur sortira alors pour choisir un bon poisson
frais, le poisson est pêché par les bateaux du restaurant.

Le dîner se prolongea agréablement, accompagné
par du vin qu'ils burent dans de petits cornets de
terre cuite. Ensuite, ils prirent un taxi pour aller
rechercher la voiture de Kemal et reconduisirent
Iris qui logeait dans un hôtel d'étudiants. De là,
ils se rendirent chez Paul pour le déposer à son
hôtel, assez proche de l'université.

Susan changea de place pour s'asseoir à côté de
Kemal. Elle étouffa un bâillement.

— Contente de votre journée ? lui demanda son compagnon.

— Très ! dit-elle, en exagérant son enthousiasme. J'ai passé une journée formidable.

... A part un incident qu'elle ne parvenait pas à chasser de sa mémoire.

— Dites-le à mon père, pria le jeune homme. Tout au moins, je suis capable d'être un bon guide.

Son regard quitta la route un instant pour se poser sur Susan.

— Inutile de lui dire que nous avons retrouvé Iris et Paul, ajouta-t-il.

— Naturellement.

Susan, cependant, se sentait coupable en dissimulant le fait.

— Et puis..., ne lui parlez pas de ce petit garçon qui est venu vous menacer. Cela l'inquiéterait.

Surprise, Susan regarda Kemal ; il sourit à demi.

— Paul m'a dit cela. Il était furieux.

Paul n'avait pas avoué cette fureur à Susan, il avait prétendu considérer la chose comme un acte de stupide anti-américanisme.

— Nous sommes tous encore sous le coup de la crise cardiaque de mon père, reprit le jeune homme. Il a une longue convalescence devant lui.

— Mais, demanda Susan, les médecins approuvent son projet d'entreprendre ce livre ?

Kemal se mit à rire.

— Le médecin de mon père a pensé que c'était le seul moyen de le faire tenir tranquille et de l'empêcher de passer son temps à l'usine.

Il était tard quand ils s'arrêtèrent à la porte du palais. Une voiture étrangère stationnait devant la maison, Kemal la regarda avec curiosité.

Une des femmes de chambre vint ouvrir.

— Allons dire bonsoir à mon père, suggéra

Kemal. Depuis son attaque, il occupe une chambre au rez-de-chaussée. Il y a bien un ascenseur dans la maison, mais il est utilisé seulement par ma tante.

On lisait l'affection dans son regard.

— Regardez ! dit-il. Elle remonte chez elle.

Du menton, il désignait le fauteuil roulant qui disparaissait dans la petite cabine.

— Elle est l'espionne du palais, dit-il avec bonne humeur. Elle n'ignore jamais rien de ce qui se passe ici.

Sous la conduite de Kemal, les jeunes gens tournèrent à gauche, au bout de la galerie. Mais soudain, la voix de Menderez les arrêta.

— Parlez anglais ! disait-il avec une fureur glacée. Que tout au moins les domestiques ne comprennent pas.

— Joseph, nous ne pouvons croire ce qu'on prétend ! dit une voix au fort accent. Vous comptez écrire sur les années cinquante ? Vous pensez citer des noms ? Ne comprenez-vous pas quel genre de lumière vous allez jeter sur nous vis-à-vis du gouvernement actuel ?

— C'est ce que nous pensions à cette époque. Si vous avez changé pour complaire aux militaires, cela fait partie des modifications du décor, répondit froidement Menderez. Maintenant, Messieurs, veuillez m'excuser, mon médecin tient à ce que je me couche de bonne heure. Amahl va vous reconduire.

Précipitamment, Kemal et Susan s'éclipsèrent sans bruit, se dirigeant vers l'escalier qui montait à leurs chambres.

— Mon père ne s'attend pas à avoir de vrais ennuis, dit Kemal d'un ton rassurant, en s'arrêtant devant la porte de Susan. Sinon, jamais il ne vous aurait fait prendre part à l'affaire.

CHAPITRE V

Constantina, vêtue d'une robe d'hôtesse de soie brochée qui seyait à sa silhouette encore jeune, s'adossa à son fauteuil et sourit vaguement en écoutant Sophia. Son regard observait le grand miroir où la distance l'empêchait de voir les fines rides autour de ses yeux et de sa bouche, la chute légère de son menton.

— Pourquoi père ne renvoie-t-il pas cette fille ? demandait Sophia avec indignation. Il n'a pas besoin d'elle ! Vous avez entendu Kemal ? Paul Ashley a travaillé toute une année à Washington, il connaît la ville, le genre de travail du gouvernement. Père pourrait engager une secrétaire parlant anglais pour écrire son texte sous sa dictée : elle n'aurait pas besoin d'habiter le palais.

— Sophia, tu connais ton père. Il a pris sa décision. Il veut une secrétaire américaine venant de Washington.

Elle haussa les épaules.

— Qui comprendra jamais ses idées ? Je crois qu'il a tort de s'imposer cette fatigue, même si je n'avais rien à redire à son projet de mémoires.

Kasim répétait sans cesse que Joseph devait pren-

dre une retraite définitive. Dans ce cas, naturellement, il occuperait la première place à l'usine...

— Mais ce que je dis ne sert à rien, conclut
Constantina.

Elle jeta un regard sur la pendule. Quand Sophia
se déciderait-elle à gagner sa chambre ?

— Et la façon dont Père regarde cette fille !
reprit Sophia avec mépris. Comme si elle était la
femme la plus admirable qu'on ait jamais vue sur
terre !

— Assez ! dit sèchement sa mère.

C'était tout de même inquiétant de penser que
Joseph regardait une autre femme, beaucoup plus
jeune, en ayant l'air de la désirer. Joseph la savait-il
aussi jolie quand il l'avait engagée ? Constantina se
força à poursuivre la conversation.

— Ton père n'est pas amoureux de cette petite,
Sophia, dit-elle. Comment oses-tu insinuer cela ?

Joseph avait épousé Constantina à cause de sa
beauté. Très tôt après le mariage, il avait découvert
que sa femme ne comprenait pas le souci qu'il prenait de son pays. Et elle ne s'intéressait pas à son
empire industriel ; elle trouvait seulement agréable
et flatteur d'avoir pour mari un homme puissam-
ment riche. Le luxe n'avait pas toujours fait partie
de sa vie.

Sophia avait-elle raison ? Joseph se tournait-il
vers une femme plus jeune ? Une femme qui pouvait se regarder dans son miroir sans effroi ?

— Mère, parlez-lui, reprit Sophia. Dites-lui de
renvoyer Susan chez elle. Nous n'allons tout de
même pas prendre tous nos repas en face d'une
étrangère ! Elle ne peut pas être le témoin de toutes
les disputes familiales... !

Sophia eut un sourire acide.

— Et il y en a tellement !

— Si tu ne provoquais pas ton père, dit Constantina avec impatience, il y aurait bien moins de conflits. Amener, par exemple, au palais pour le dîner, ce capitaine qu'il déteste, alors que cet homme t'est totalement indifférent !

— Mère, ce n'est pas moi qui provoque mon père ! dit Sophia en regardant Constantina dans les yeux.

Constantina rougit. Etait-ce la raison pour laquelle Sophia ne voulait pas de Susan au palais ? Avait-elle peur que la jeune fille ne devine ce qui se passait avec Kasim ? Mais voyons ! Joseph ne savait rien et Susan ne découvrirait rien.

— Sophia, je suis fatiguée, dit-elle impérieusement. Je t'en prie, va dans ta chambre.

Constantina demeura immobile un moment, un petit nerf tressaillant dans une de ses paupières. Sophia ne savait rien finalement, elle échafaudait de folles hypothèses. Avec effort, la femme de Joseph Menderez se leva et s'approcha du miroir : l'éclairage de la pièce était calculé pour mettre les visages en valeur. Elle était encore très belle. Mais pour combien de temps ?

Elle traversa la pièce de cette démarche allongée, gracieuse, à laquelle elle s'était habituée au cours des années parce qu'elle la rajeunissait. Dans sa chambre, elle revêtit la cape qui, de même que tous les détails de sa garde-robe, était destinée à la rendre plus belle et plus jeune d'aspect.

Elle regarda sa montre. Maintenant. Il était l'heure de gagner le jardin. Kasim, son cadet de bon nombre d'années, la trouvait belle.

Susan avait bien et longuement dormi. Sous le couvre-pieds elle s'étira avec une satisfaction féline, constatant avec plaisir que le soleil jouait derrière les rideaux épais qui baignaient sa chambre de pénombre.

— Sophia ! Ne me parle pas des libertés que les femmes ont conquises en Turquie !

La voix de Constantina monta par une fenêtre ouverte. Elle parlait anglais, devina Susan, pour la discrétion que lui garantissait cette langue ; les domestiques ne comprenaient que le turc.

— Ces libertés sont sur le papier. Seulement sur le papier. A Istanbul, tu ne peux pas te conduire comme tu le ferais à Rome, à Paris ou à Londres.

— Alors, pourquoi faut-il que nous passions l'été en Turquie ? demanda Sophia. Nous partons toujours !

— Nous irons à la villa d'été. Nous ne pouvons pas laisser ton père seul pendant sa convalescence.

— Oh ! Mère ! A quoi cela sert-il que nous soyons ici ?

Le mépris teintait la voix de Sophia.

— Je ne partirai pas, déclara Constantina d'un ton décidé. Plus tard, peut-être pourras-tu t'en aller pendant quelques semaines.

Les voix s'estompèrent et Susan ne s'intéressa plus à la conversation. Elle pensait aux heures qu'elle avait passées la veille avec Paul. Il n'avait pas parlé de la revoir et pourtant elle allait sûrement le rencontrer de nouveau. Un peu de la sensation de bien-être qu'elle éprouvait disparut. Elle désirait vivement revoir Paul. Il y avait quelque chose de spécialement agréable à sa compagnie, et cela ne tenait pas seulement à ce qu'il fût américain aussi, dans ce pays si étrangement différent du leur.

Tandis que Susan s'habillait, une femme de chambre parut avec une théière remplie de thé. Il y eut de nouveau l'échange rituel de sourires, une communication sans paroles. A présent, décida-t-elle avec remords. Il lui fallait apprendre à parler turc puisqu'elle devait rester à Istanbul pendant une année entière.

Assise devant la petite table près de la fenêtre, elle but le thé anglais, que Constantina préférait au thé cultivé sur les rives de la mer Noire. Elle vit Sophia quitter le palais et s'installer au volant de la Mercedes grise amenée devant la porte par un homme très grand, qui boîtait. Sophia, devina la jeune fille, allait passer la journée avec un homme que sa mère n'appréciait pas. Sortir seule avec un homme, même dans la Turquie d'aujourd'hui, était évidemment compromettant.

Soudain, Susan fut prise de l'envie de sortir de sa chambre, de découvrir la caresse de l'air printanier. Elle s'aperçut qu'elle avait faim. Peut-être déjeunerait-elle avec M. Menderez comme la veille ? Cette perspective lui plaisait. La courtoisie surannée de l'industriel, sa sollicitude envers elle l'enchantaient.

Elle acheva prestement de s'habiller et descendit à la hâte. Ainsi qu'elle l'espérait, Joseph Menderez était assis à la table du jardin, buvant du thé lui aussi et lisant le *Times*. Il leva les yeux en l'entendant et son visage s'éclaira.

— Ah ! dit-il. J'ai attendu pour faire servir mon déjeuner pour le cas où vous descendriez.

Il paraissait ravi. Ils se sourirent, contents de cette petite conspiration, puis Menderez appela Fatima.

— Je pensais que vous voudriez peut-être commencer à travailler ce matin, dit Susan.

Une timidité inattendue l'envahissait devant l'admiration qu'il lui témoignait ouvertement.

— Susan, vous me donnez une idée, répliqua Menderez. Mon médecin prend une semaine de

vacances, bien gagnées, je vous assure. Il se repose
dans sa propriété d'été et demande avec insistance
que j'aille me faire examiner aujourd'hui. C'est une
fort belle promenade. Pourquoi ne viendriez-vous
pas avec moi ? Nous pourrions parler de Washington tout à loisir. Nous déjeunerons sur l'île et, pendant ma visite chez le médecin, vous pourrez vous
promener et découvrir de charmantes petites boutiques.

— J'en serais ravie ! dit Susan.

Elle repoussait son désir que Paul téléphonât
pour l'inviter à venir le retrouver en ville.

Fatima arriva à petits pas rapides, souriant
comme toujours, pour s'enquérir de ce qu'ils voulaient manger. Menderez lui donna les instructions
nécessaires, puis s'abandonna contre le dossier de
son fauteuil d'un air détendu.

— Nous partirons après notre petit déjeuner,
dit-il. Nicholas nous conduira au ferry.

Kemal parut pendant qu'ils attendaient leur
repas. Son père fronça légèrement les sourcils quand
le jeune homme le salua.

— Où vas-tu de si bonne heure ? demanda-t-il,
une nuance de reproche dans la voix.

— Paul voudrait voir la plage de Kilyos, expliqua Kemal. Je lui ai promis de l'y conduire.

Susan, un peu gênée, baissa les yeux. Monsieur
Menderez ignorait qu'elle eût rencontré Paul, et
elle trouvait un peu déloyale cette dissimulation.

— Trouve-t-il encore le temps d'écrire en menant
une vie mondaine aussi active ? demanda M. Menderez avec une certaine ironie.

— Il voudrait vous demander de lire le premier
jet de son livre quand il en aura le courage.

— Pourquoi Paul a-t-il besoin de courage pour

me parler ? demanda-t-il. Je lui ai dit que je l'aiderais avec joie, autant que je le pourrais.

Il se tourna vers Susan, comme pour s'excuser de sa vivacité.

— Paul Ashley est un jeune écrivain américain qui travaille sur l'Histoire turque. C'est une question qui m'intéresse vivement et que j'ai beaucoup étudiée. Naturellement, je lirai le manuscrit. Invite-le à dîner, Kemal ; il n'a pas dîné ici depuis longtemps.

Fatima s'avançait avec les plats fumants. Kemal la taquina gentiment en turc, puis s'en fut chercher sa voiture.

— Kemal n'a pas de but, dit M. Menderez tristement quand le jeune homme fut hors de portée de sa voix. Et le jour où il s'en découvrira un, quelle route prendra-t-il ?

— Je ne crois pas que vous devriez vous inquiéter à son sujet, dit Susan doucement.

— Si, je m'inquiète, soupira-t-il. J'ai vu les violences qui ont sévi à l'université, j'ai vu la fureur des jeunes, et je me tourmente. Tout au moins...

Il soupira de nouveau.

— Kemal ne fait pas partie des extrémistes.

Le repas terminé, Joseph envoya Susan dans sa chambre chercher un léger manteau.

— Il fera frais sur le ferry, dit-il.

Il repoussa son fauteuil et se leva en même temps que la jeune fille.

— Je vais dire à Nicholas d'amener la voiture. Vous nous trouverez devant la porte.

Sortant de sa chambre, son manteau sur le bras, Susan rencontra Mme Gulek dans la galerie du premier étage. La vieille dame la fixa d'un regard aigu un instant, puis salua poliment de la tête et suivit son chemin vers l'ascenseur, mais pendant qu'elle descendait l'escalier, Susan sentit que l'infirme l'observait.

Elle trouva Menderez l'attendant, assis à l'arrière d'une luisante Bentley noire. Le chauffeur descendit avec peine de son siège pour ouvrir la portière et la jeune fille reconnut l'homme qui avait amené la Mercedes destinée à Sophia, de bonne heure le matin.

— Nicholas va nous conduire au ferry, dit Menderez à Susan qui s'asseyait sur la banquette recouverte de cuir rouge. Il a des courses à faire pour le palais, après quoi il s'installera au café pour attendre notre retour. Il ne sait pas un mot d'anglais, de sorte que vous êtes libre de dire tout ce que vous voudrez. Il est assez effrayant, n'est-ce pas ? Pour quelqu'un qui ne le connaît pas, c'est le « terrible Turc » typique !

L'industriel riait.

— Je reconnais qu'il est fort intimidant, admit Susan en riant.

Elle observait les puissantes épaules de Nicholas, et les énormes mains qui tenaient le volant.

— Il est féroce quand il est en colère, dit Menderez. Sinon, c'est le plus doux des hommes. Il a perdu une jambe pendant la guerre civile en Grèce, en 1945, c'est pour cela qu'il boite. Sa femme l'a quitté pour regagner la Grèce, après que leur fils ait été tué en Corée.

Les traits de Menderez se tendirent à ce souvenir.

— Les soldats turcs sont entraînés à se battre furieusement, dit-il. En Corée, il fut un temps où ils combattaient sans munitions, avec des couteaux, ou les poings nus. Quand les chars américains sont venus à leur secours, ils ont trouvé nos troupes se préparant à l'attaque. Un médecin américain, que j'ai rencontré à Washington pendant ces années-là, m'a dit qu'un soldat turc attendait d'avoir au moins trois blessures avant d'aller demander un secours médical.

— Mon père s'est battu en Corée, dit Susan.

Elle découvrait avec surprise que des Turcs, aussi, étaient morts au cours de cette guerre.

— C'était un ancien combattant de la Seconde Guerre mondiale, reprit-elle, mais étant officier de réserve, il a dû faire aussi la guerre de Corée.

La Bentley quittait l'avenue du palais pour s'engager sur la route.

— Vous étiez très liée avec votre père ? demanda Menderez.

— Je n'avais que sept ans quand il est mort. Il a été tué en Corée.

— Comme c'est triste pour votre mère et pour vous ! dit-il avec compassion. Mais vous, bien sûr, vous étiez très jeune. Vous souvenez-vous bien de lui ?

— Son travail le retenait souvent hors de la maison, dit la jeune fille avec franchise.

Elle réfléchit un moment.

— Non, dit-elle enfin. Je n'ai pas de souvenir très précis.

— Büyük Ada vous plaira beaucoup.

Susan remarqua avec quelle célérité Menderez avait changé de conversation, pour aborder un sujet plus joyeux.

— C'est la plus grande des îles des Princes, reprit l'industriel, et la plus passionnante. On y respire une merveilleuse atmosphère de paix. Il n'y a pas une voiture sur l'île ; nous y circulerons dans un *fayton*.

Il rit devant le regard perplexe de Susan.

— C'est un véhicule d'un autre âge, dit-il, une voiture tirée par un cheval !

*
**

Installés dans un *pastahane,* Paul et Kemal absorbaient avec leurs verres de thé une impressionnante quantité de croissants. Kemal faisait de l'introspection, ce matin-là. Paul, comme de coutume, observait avec intérêt l'activité qui l'entourait.

— As-tu vu Susan avant de quitter le palais ? demanda-t-il d'un air dégagé.

— Oui. Elle déjeunait avec mon père quand je suis parti.

Paul remarqua le coup d'œil amusé de son ami.

— On dirait qu'elle t'a produit une forte impression, ajouta Kemal.

— Elle est sympathique, reconnut Paul. Jolie, intelligente, et on ne s'ennuie pas avec elle.

Depuis qu'il avait souhaité une bonne nuit à Susan Roberts à la porte de son hôtel, la veille au soir, la jeune fille avait occupé une part inquiétante de ses pensées. Après un instant de silence, il posa la question qui le tracassait.

— Etait-elle très émue par cet incident dans la rue ? Ce petit garçon qui l'a menacée ?

— Je ne crois pas. Cela ne signifiait rien, n'est-ce pas ? demanda Kemal. Elle n'est pas la première Américaine qu'on ait cherché à intimider.

En dépit du ton insouciant, Paul sentit une légère tension dans la voix de son compagnon.

— Mais pourquoi Susan ? reprit Paul. Pourquoi pas moi ? Pourquoi pas l'un des nombreux Américains qui travaillent à Istanbul ? La horde des touristes n'est pas encore arrivée, mais il y a tout de même beaucoup d'Américains dans la ville. Il y en avait dans la rue en même temps que nous, hier.

Il se pencha en avant sur la table.

— Pourquoi quelqu'un a-t-il choisi Susan pour la menacer ?

— Tu te poses des questions au sujet des Mémoires, dit Kemal. Tu essaies de relier cette histoire avec le livre de mon père.

— Je sais bien que cela n'a pas de sens...

Paul fronça les sourcils, exaspéré.

— Évidemment, si Susan reprend l'avion en toute hâte, ton père engagera quelqu'un d'autre. Il peut facilement trouver une secrétaire parlant anglais ici-même, à Istanbul, j'en suis sûr, et il peut me convoquer s'il a besoin de renseignements sur le décor de Washington. Comment, du reste, s'est-il débrouillé pour faire venir Susan ?

— Quelqu'un, à l'ambassade de Washington, a tout organisé, expliqua Kemal, confirmant ce que supposait son ami.

Paul décida de téléphoner à Dick Spencer pour lui demander ce qu'il savait de l'engagement de la jeune fille. Dick était au courant de la situation ; il allait le faire parler. Qu'y avait-il donc dans cette histoire qui le tracassait ?

— Susan exaspère Sophia, observa Kemal avec un fraternel amusement. Sophia, naturellement, envie la liberté des Américaines. Une vraie liberté ! souligna-t-il. Et puis, Sophia n'aime pas la concurrence.

Le regard de Kemal se posa sur Paul, et celui-ci baissa le nez sur son thé. Sophia passait son temps à lui faire des avances. Elle était séduisante, à la manière des stars de cinéma épanouies, mais elle exagérait pour son goût.

— Où est Iris ? demanda Paul.

— Nous irons la chercher pour l'emmener avec nous à la plage.

Kemal prit son verre et le vida.

— Avant cela, dit-il, je voudrais aller au Grand Bazar.

— Il n'est guère sur le chemin de la plage ! dit Paul en riant.

— Un ami d'Iris a vu un poignard ancien au Vieux Bazar, répondit Kemal. Il n'a probablement rien d'intéressant, mais il pourrait peut-être trouver sa place dans la collection de mon père. L'ami d'Iris lui a dit qu'il coûtait seulement 100 livres. Il arrive parfois qu'on fasse une affaire au Vieux Bazar.

Kemal sourit.

— Nous allons voir ça. Maintenant.

A l'intérieur du Bazar, Kemal se dirigea vers l'emplacement. Au centre, les boutiques se spécialisaient dans les armes anciennes, les monnaies, et les antiquités de toutes sortes.

— Les tours organisés ne sont pas encore là, dit Kemal avec satisfaction. Ils ne feront pas obstacle à notre transaction.

Kemal demanda à voir le poignard d'un air indifférent, qui indiquait au marchand qu'il était prêt à marchander férocement. Il déclara tout aussitôt que l'arme n'était pas authentique, haussa les épaules avec philosophie, examina quelques autres objets que le commerçant lui montrait, puis décida qu'il était temps pour lui et pour Paul de s'en aller. Pourquoi se souciait-il de l'heure ? se demanda Paul. Iris les faisait généralement attendre.

Kemal l'entraîna vers la rue principale du bazar, sans cesser de parler des dix jours qu'il avait passés à voyager avec Iris. Comme ils s'approchaient du drugstore, Paul leva les sourcils.

— Kemal, nous n'allons pas déjeuner là ?

— Nous allons attendre ici. Près de la fontaine.

Paul jeta un regard étonné sur son ami qui lui parut crispé, anormalement sérieux. Silencieux, il le suivit jusqu'à la fontaine, remarquant qu'ils se trouvaient à l'endroit rêvé pour voir qui entrait dans le restaurant, sans grand risque d'être aperçus eux-mêmes.

Kasim Inonu parut bientôt. Il semblait mal à l'aise et attendit dans la petite cour qui précédait l'établissement. Paul le reconnut aussitôt : Inonu avait dîné au palais un soir où Kemal y avait amené le jeune Américain. Surpris de voir Kemal surveiller les allées et venues de l'autre, Paul attendit, avec amusement : sans doute Sophia allait-elle arriver à son tour. En quoi cela intéressait-il son frère ? Que cherchait-il à prouver ?

— Nous pouvons repartir maintenant, dit Kemal, quelques minutes plus tard.

Il entraîna l'Américain dans la direction opposée, mais pas avant que Paul n'ait reconnu, en dépit de ses lunettes noires, une Constantina fort élégante, le visage radieux, qui allait en souriant rejoindre Kasim.

Sans mot dire, les jeunes gens quittèrent le bazar.

— Ma tante m'a dit ce matin qu'ils devaient se rencontrer, dit Kemal avec colère. Je ne pouvais croire que ma mère pût être aussi imprudente. Sophia se doute de la chose depuis quelque temps, elle m'en a parlé.

Il poussa un soupir.

— Qu'arrive-t-il à ma mère ? grommela-t-il. Le monde ne va pas s'écrouler parce qu'elle n'a plus vingt ans !

— Ta mère est encore très belle, dit Paul.

Il se demandait pourquoi Kemal l'avait amené là.

— Sans doute est-elle une des plus jolies femmes d'Istanbul, reprit-il.

Il était déconcerté, touché cependant que son ami ait voulu partager avec lui ce secret : il avait confiance en lui... Sans doute avait-il besoin de se confier à quelqu'un.

— Je ne peux pas comprendre Kasim, reprit Kemal d'une voix passionnée. Il est brillant, intelligent, ambitieux. Mon père lui a donné un pouvoir considérable dans l'usine : pourquoi risque-t-il tout cela pour une aventure sordide avec ma mère ?

— Elle a beaucoup de charme, Kemal. Je suis sûr que beaucoup d'hommes la trouvent séduisante.

— Kasim a dix ans de moins qu'elle !

— Kemal, riposta Paul avec reproche, qu'est-ce que dix ans ?

— Je ne veux pas qu'elle sacrifie son union !

Une veine battait à la tempe du jeune homme.

— Ce mariage a été un grand bonheur pour nous, poursuivit-il. Nous avons été gâtés. Je n'étais qu'un petit garçon pourtant, mais je me rappelle ! Je ne veux pas recommencer à vivre comme nous vivions avant le second mariage de ma mère.

Stupéfait, Paul ouvrit de grands yeux.

— Menderez n'est pas ton père ?

— Je l'oublie souvent moi-même, répliqua Kemal. Dans tous les domaines, je le considère comme mon père. Et il nous considère, Sophia et moi, comme ses enfants. Il a été heureux pour nous quand il a épousé ma mère : il désirait avoir des enfants. Dès le début, Sophia lui a rendu la vie difficile... Je crois qu'il a renoncé à gagner son affection. Mais entre lui et moi, il y a eu quelque chose de très bon. J'avais neuf ans et Sophia onze ans quand ma mère l'a épousé. Notre véritable père était mort depuis deux ans. De son vivant, bien qu'il fût un fonctionnaire assez important, nous habitions un petit appartement de quatre pièces dans un immeuble misérable, nous quatre et ma tante. En été, cela pouvait aller, mais en hiver, nous grelottions. Pour vivre confortablement en Turquie, il faut être riche.

— Cette liaison entre ta mère et Inonu, demanda Paul doucement, ton père ne s'en doute pas ?

Avant sa maladie, Menderez passait de longues heures à l'usine, fuyant ses angoisses politiques. Et souvent, trop souvent peut-être, Constantina sortait avec ses riches amis. Cependant, elle ne voyageait plus depuis la maladie de son mari. Ou n'était-ce pas cette aventure avec Inonu qui la retenait sur place ?

— J'espère que mon père n'en a aucune idée, dit Kemal avec brusquerie. Ma tante en est très tourmentée. Elle était une grande amie de la mère de... de mon beau-père ; c'est elle qui a réuni ma mère et son futur mari. Bien des familles turques l'auraient accueilli avec joie, mais il était absorbé d'abord par le gouvernement, ensuite par ses affaires.

Kemal secoua tristement la tête.

— Nous ne voulons pas voir ma mère tout compromettre parce qu'un homme lui donne l'illusion d'avoir vingt ans de nouveau. Qu'arriverait-il à Sophia, à ma tante si... si le ménage est détruit ? Ma mère et Sophia ont été élevées dans le seul but d'être belles... Peut-être, dit le jeune homme tristement, reste-t-il encore assez de vieux Turc en moi pour que je me sente responsable des femmes de ma famille. Mais, Paul... je n'ai pas l'intention de les entretenir toutes les trois !

CHAPITRE VI

Susan et Joseph Menderez étaient assis sur le pont supérieur du ferry et regardaient s'éloigner les quais d'Istanbul. Ils avaient parlé de Washington un peu de temps, Menderez s'interrompant pour approfondir certains détails l'intéressant particulièrement. Maintenant, il décrivait le paysage à la jeune fille.

— Ces îles de la mer de Marmara, Büyük Ada étant la plus grande, étaient utilisées comme terrains de chasse par les monarques byzantins. A une certaine époque, elles ont été un lieu d'exil pour ceux qui encouraient le déplaisir de l'empereur. Nous autres Turcs les appelons seulement *Adalar*, les îles, mais les Occidentaux les ont baptisés « îles des Princes » à cause de leur rapport avec les familles impériales. Aujourd'hui, les gens d'Istanbul vont chercher le calme et l'air frais à Adalar.

Il sourit, évoquant un souvenir.

— Autrefois, aux Etats-Unis, j'ai passé avec plaisir quelques week-ends à Cape Cod. Avez-vous aimé Le Cap, Susan, quand vous y êtes allée ?

— Oui, beaucoup.

La question surprenait la jeune fille. Comment M. Menderez savait-il qu'elle était allée au Cap ?

Evidemment, Ekken avait dû lui fournir des renseignements personnels complets sur son éventuelle
secrétaire, pensa-t-elle avec réalisme. Sans doute y
avait-il peu de chose que Joseph Menderez ignorât
sur elle.

— Combien de temps dure le trajet pour se rendre à Adalar ? demanda-t-elle.

Elle s'abandonna à son fauteuil de pont, savourant l'air de mer, la brise douce, l'impression de voir
le temps s'immobiliser.

— Nous sommes dans le bateau le plus rapide.
Nous ne nous arrêterons pas dans les plus petites
îles, de sorte que nous ferons la traversée en un
quart d'heure. Avez-vous faim ? demanda l'industriel avec sollicitude.

— J'aurai faim quand nous débarquerons.

Susan sourit affectueusement à son compagnon.
Il était si facile de se détendre auprès de lui. Elle
avait peine à réaliser qu'il était l'un des personnages les plus importants de Turquie.

— Nous déjeunerons dans un restaurant au
bord de la mer, promit-il. Ensuite, j'irai voir mon
médecin et je vous laisserai courir les boutiques.

Aborder à Adala était une cérémonie haute en
couleur. Susan prit pied sur l'île avec l'impression
de partir pour l'aventure, son regard se saisissant des
étrangetés qui l'entouraient, Il lui semblait être
revenue au siècle dernier.

— Pas d'autos, Susan, lui rappela Menderez
fièrement, posant une main sur son bras, à part les
jeeps de la police et les voitures de livraisons. Oh !
et puis, ajouta-t-il, les yeux pétillants, on utilise une
moto pour porter les télégrammes.

Susan regardait tout avec ravissement, remarquant le charme vieillot de l'île.

Menderez la fit monter dans un fiacre et donna

des indications au cocher. Au passage, il fit voir à
Susan le beffroi de la petite ville, et alors qu'ils roulaient dans la rue principale, les monuments dressés
au centre des pelouses. Ils suivirent des rues étroites
et endormies, bordées de modestes boutiques proté-
gées du soleil et de la chaleur par des auvents aux
couleurs vives. Hors de la ville, ils se dirigèrent vers
les collines boisées de pins où étaient situées de
grandes demeures entourées de magnifiques jardins.
L'une de ces propriétés appartenait au médecin de
Joseph et il y prenait ses vacances. Ensuite, ils descendirent la pente vers la mer pour arriver au restaurant où ils devaient déjeuner.

Menderez commanda un repas de poissons et de
crustacés, et après avoir parlé avec éloquence de
la beauté de la Turquie, il enchaîna plus tristement
sur la pauvreté consternante qu'on y rencontrait
encore.

— Nous avons enfin établi un réseau de télévision, avec un personnel entraîné pour son fonc-
tionnement, mais nous n'avons pas encore de programme national. Pour notre peuple, dit-il avec résignation, je ne crois pas qu'il soit souhaitable de lui
montrer l'abondance qui règne dans le monde alors
qu'il y a tant de choses dont il est obligé de se passer.

La télévision élargirait leurs horizons, pensa
Susan, améliorerait leur existence, leur ouvrirait
l'univers. Le gouvernement militaire redoutait peut-
être cela, mais comment Joseph Menderez ne le
désirerait-il pas ?

Elle se força à écouter ce qu'il lui disait sur la
vie en Anatolie, mais elle était un peu déconcertée
par le regard qu'il fixait sur elle, par les visibles
efforts qu'il faisait pour provoquer son sourire ou
son rire.

*

Lorsque Nicholas les accueillit au débarcadère d'Istanbul, un vent froid soufflait de la mer Noire. Susan regarda les fleurs des arbres, arrachées de leurs branches, former une délicate couverture sur le sol. Comme l'air sentait bon ! Comme tout était merveilleusement paisible !

A la porte du palais, Nicholas mit pied à terre et vint gauchement ouvrir la portière pour la jeune fille.

— Vous devriez dormir un peu dans votre chambre jusqu'au dîner, conseilla Menderez.

Il avait l'air fatigué, pensa Susan avec inquiétude. Sa femme lui avait annoncé que ce petit voyage l'épuiserait...

— L'air de mer donne sommeil, dit-il.

Dans sa chambre, Susan retira son manteau. Elle allait le suspendre quand elle remarqua qu'elle avait perdu un bouton. Contrariée, elle fronça les sourcils ; ces boutons n'étaient pas d'un modèle courant, elle aurait de la peine à en retrouver un.

Peut-être était-il tombé pendant qu'elle descendait de voiture ? Dans ce cas il devait être par terre devant la maison. Elle pouvait aussi l'avoir perdu dans la voiture ? Elle décida de redescendre et d'essayer de le retrouver.

A la hâte, elle descendit l'escalier. Le palais, à cette heure, était silencieux. Au dehors, le vent froid la fit frissonner : elle regretta de n'avoir pas mis son manteau. Au-dessus d'elle, des nuages menaçants s'assemblaient en sombres masses. Le vent sifflait dans les branches des arbres. Les volets heurtaient les murs du palais.

A pas lents, Susan arpenta la cour devant la porte, cherchant soigneusement le bouton disparu, l'appelant de ses vœux. Si elle ne le trouvait pas là, elle serait obligée d'aller au garage et de prier Nicholas de la laisser chercher dans la voiture. L'idée de parler au chauffeur ne l'enchantait pas : en cette occurrence, la barrière de la langue lui semblait insurmontable.

« Essaye encore ! » se dit-elle.

Elle marcha plus lentement, les yeux fixés sur le sol. Elle hésita enfin, prête à renoncer, quand son instinct la poussa à persévérer encore : il restait un petit espace qu'elle n'avait pas exploré.

Là ! Il était là, près d'un massif d'arbustes ! La jeune fille fit un pas en avant et mit un genou en terre pour ramasser le bouton vagabond. L'objet dans la main, elle se releva pour repartir... et sursauta, brusquement figée sur place : quelque chose passa près d'elle, très vite, puis il y eut un choc terrible, derrière elle.

Elle se retourna, le cœur battant. Une énorme amphore de terre cuite était tombée d'un balcon. Elle s'était écrasée sur le sol. A quelques centimètres de distance, elle serait tombée sur elle.

Susan aurait été assommée... !

Elle resta immobile, regardant les débris à ses pieds. Si près. Tellement près d'elle !

Elle passa une main sur sa manche pour brosser la poussière produite par l'amphore dans sa chute. Tremblante, elle regagna la porte et rentra dans le palais pour monter dans la solitude rassurante de sa chambre.

Elle se rendit dans son petit salon, et debout contre la porte, elle essaya de comprendre ce qui s'était passé, de se le remémorer froidement.

Elle n'avait pas été touchée. C'était sûrement par hasard que le vent avait fait basculer l'amphore à ce moment précis. La chance avait voulu qu'elle soit épargnée. L'heure de sa mort n'avait pas encore sonné. Susan se répéta tout cela. Mais longtemps encore elle resta tremblante.

Finalement, elle gagna la salle de bains et ouvrit les robinets pour faire couler un bain chaud. Cela lui rappela que, dans quelques semaines, la saison sèche s'abattrait sur la Turquie : l'eau coulerait en un maigre filet, si elle coulait, dans une bonne partie du pays. Mais au palais, lui disait son instinct, il y aurait toujours de l'eau.

Elle se baigna rapidement puis s'habilla ; elle avait étrangement hâte d'aller rejoindre les autres, de leur raconter le petit drame qui s'était déroulé en quelques secondes devant le palais.

Elle redescendit et se dirigea vers la bibliothèque : c'est là que la famille se réunissait avant le dîner. En s'approchant, elle entendit les voix de Constantina et de Sophia qui discutaient.

— Pourquoi ne pourrais-je pas déjeuner avec lui ? demandait Sophia sur un ton de défi. Je fais cela partout, dans toutes les autres villes !

— Pas en Turquie, Sophia, dit impatiemment sa mère. Une étrangère peut faire ce qu'elle veut. Une femme turque bien née ne peut se permettre n'importe quoi.

— Qui donc prétend cela ? demanda Sophia indignée. Le gouvernement ? Les femmes sont libérées, Mère. Seulement elles sont idiotes et elles ne profitent pas de leur liberté.

En un éclair, l'expression de Constantina changea à l'entrée de Susan, passant du mécontentement au sourire de bienvenue.

— Avez-vous passé une bonne journée, Susan ? demanda-t-elle d'un ton détaché.

Pourtant, il était facile de sentir en elle une secrète colère, une crispation.

— Kemal m'a dit que mon mari vous a emmenée avec lui aux îles ?

— Cela a été merveilleux.

Susan réussit à sourire.

— Mais une chose bizarre s'est produite au retour, ajouta-t-elle.

D'un seul coup, Constantina et sa fille l'observèrent avec méfiance.

— En arrivant dans ma chambre, reprit Susan, j'ai constaté qu'il manquait un bouton à mon manteau. Je suis redescendue, pensant que je l'avais peut-être perdu en sortant de la voiture...

Elle prit son élan, en respirant profondément ; personne ne s'était-il aperçu de la disparition de l'amphore ? Evidemment, personne n'avait entendu sa chute et c'était normal, après tout : le bruit du vent couvrait tous les autres.

— Une amphore est tombée d'un balcon du premier étage, acheva Susan. A quelques centimètres de moi.

— Oh ! Susan !

Constantina ouvrait des yeux effarés.

— Vous auriez pu être tuée !

— Je n'ai pas été touchée, dit la jeune fille, mais l'amphore est en miettes. J'imagine qu'elle est irremplaçable ?

— Elle ne manquera à personne ! dit Sophia ironiquement.

Elle aussi, cependant, était émue.

— Qu'est-ce qui ne manquera à personne ?

Kemal entrait dans la bibliothèque. Sa mère se tourna vers lui.

— Il est arrivé une chose terrible, Kemal, dit-elle.

Elle était visiblement bouleversée.

— Une amphore est tombée d'un balcon : elle a été à deux doigts de s'écraser sur Susan !

— De quel balcon est-elle tombée ? demanda le jeune homme d'un ton singulièrement calme.

— De celui qui se trouve au-delà de la chambre de Sophia, dit Constantina. Je me suis parfois inquiétée de cette amphore, mais elle était là depuis tellement longtemps, il semblait improbable qu'elle puisse tomber jamais.

— Elle ne m'a même pas effleurée, dit vivement Susan.

Elle était ennuyée de l'atmosphère tendue qui régnait soudain dans la pièce.

— Il n'y a pas de quoi se tourmenter, ajouta-t-elle.

— N'en parlons pas à Père, dit Kemal.

Il adressa à Susan un sourire confus.

— Nous nous efforçons de lui éviter les inquiétudes, expliqua-t-il.

— Tu ne te donnes pas beaucoup de mal, toi, en tout cas ! observa Sophia avec un regard acide sur son frère.

— Sophia, pas de ça ! ordonna le jeune homme avec impatience.

— Il faut dire, reprit Sophia, qu'aucun de nous ne semble satisfaire Père, à part Susan.

Le sourire ironique de Sophia répondit au sursaut horrifié de Constantina et à la fureur ostensible de Kemal.

Ce dernier tourna délibérément le dos à sa sœur pour parler à sa mère.

— J'ai invité Paul à dîner demain soir, dit-il. Cela peut-il aller ?

— Tu l'as déjà invité, répliqua Sophia aigrement. Kemal et ses Américains affamés...

Elle se tourna vers Susan.

— Paul, expliqua-t-elle d'un ton condescendant, est un écrivain américain qui...

— Susan a rencontré Paul pendant que je lui faisais visiter quelques coins de la ville, dit Kemal.

Il sourit, amusé par l'expression surprise de sa sœur.

— Nous sommes tombés sur lui au Pandeli.

Susan nota qu'il ne mentionnait pas Iris.

— Nous serons enchantés d'avoir Paul à dîner, dit Constantina avec un coup d'œil de reproche à sa fille. Ton père l'apprécie vivement.

Madame Gulek parut à cet instant dans son fauteuil roulant. Elle portait un collier d'or mat superbement ciselé, qui arracha une exclamation admirative à Susan.

— Ce collier m'a été offert par un Sultan ! répondit la vieille dame dans un anglais plus correct que Susan ne s'y attendait. J'ai vu nombre de changements dans mon pays depuis le jour où j'ai quitté mon village pour venir à Istanbul. En soixante ans, nous avons parcouru des siècles. Parfois, nous avons pris des chemin étranges.

Il y avait dans sa voix un surprenant mélange de fierté et de tristesse.

Joseph Menderez ne vint les rejoindre qu'au moment où Amahl annonçait le dîner. Il semblait bien reposé, se dit Susan à laquelle il offrit le bras en riant. Kemal les suivit avec sa mère et sa sœur ; Amahl, poussant le fauteuil roulant de Mme Gulek, ouvrait la marche vers la salle à manger.

Menderez était d'excellente humeur et parla avec animation de leur expédition à Adalar pendant le repas. On aurait dit que pour lui aussi, le déplacement avait été une aventure.

Au dehors, le vent hurlait en tempête. Constantina courbait les épaules au bruit de l'orage.

— Il n'est pas étonnant que cette amphore soit tombée, dit-elle étourdiment. Il y avait déjà du vent quand elle a failli vous écraser, n'est-ce pas ?

Elle regarda Susan, vit son expression réservée, et se tourna vers son mari avec consternation.

Celui-ci avait blémi.

— Quelle est cette histoire d'amphore qui a failli écraser Susan ? demanda-t-il.

— Il n'y a pas eu de mal, dit vivement la jeune fille pour le rassurer. Elle est tombée très loin de moi.

Très loin... *A peine quelques centimètres.*

— Dites-moi ce qui s'est passé, dit Joseph sans élever la voix.

Kemal lui donna les détails sur l'incident.

— Le vent a dû lui faire perdre l'équilibre, dit-il. Elle était peut-être instable depuis des années.

— Constantina, fais vérifier tous les détails des façades, ordonna Joseph Menderez.

Son regard se fixa sur Susan avec une telle intensité qu'elle rougit. Elle se rendait également compte des coups d'œil irrités que Sophia jetait tour à tour sur son père et sur elle.

Madame Gulek parla lentement, s'adressant à Joseph.

— Les mauvais présages n'existent pas, riposta-t-il avec calme. J'ai la ferme intention d'écrire ces mémoires.

Il s'adressa à Susan.

— Il est temps pour nous de nous mettre à travailler, Susan, dit-il. Demain, je commencerai à vous dicter mon livre. Une heure par jour d'abord. Ensuite, nous constituerons un programme de travail. Naturellement, se reprit-il, au cas où vous consentirez à demeurer au palais.

— Je serai ravie de rester, répondit la jeune fille.

Elle remarqua aussitôt que son intention affirmée ne ravissait nullement Sophia. Celle-ci était furieuse et ne le cachait pas.

Après le café, Joseph regagna son appartement. Constantina entraîna les autres dans la bibliothèque. Avec animation, elle parla d'une soirée projetée à bord d'un yacht qui resterait à l'ancre pendant plusieurs jours. Sophia se montrait vaguement intéressée, Kemal s'ennuyait sans le cacher. Il refusa avec brusquerie d'accompagner les deux femmes à la réception.

— Pourquoi irais-je ? demanda-t-il. Je n'ai aucune estime pour ce genre de parasites.

— Mais voyons ! répliqua Sophia, indignée, ce sont des gens importants !

— Importants pour eux, dit Kemal, moqueur. Parce qu'ils ont de l'argent.

— Viens avec nous, Kemal.

Constantina essayait de persuader son fils.

— Ton père n'a pas la force d'assister à ce genre de réception et nous ne pouvons pas y aller sans escorte masculine.

— Cela ne vous plairait pas du tout que je vous accompagne, Mère, déclara Kemal avec franchise. Je dirais des choses qui ne seraient pas de votre goût et qui vous embarrasseraient. Je parlerais de l'esprit féodal qui persiste dans ce pays qui se prétend une république, je parlerais de la misère dans les villages et dans les villes.

Les yeux brillants, Kemal se tourna vers Susan.

— Susan, dit-il, vous avez vu les splendeurs d'Istanbul, vous vivez dans un palais, mais l'inflation est une cruelle épreuve pour ceux qui ne sont pas très riches. Un jour, je vous emmènerai dans la campagne où vous verrez des malheureux vivre dans une misère que vous ne connaissez pas en Amérique. Ils habitent des huttes d'une pièce, où ils font la cuisine sur un feu de bouze de vache. La puanteur est effroyable.

— Kemal, tu es dégoûtant ! dit Constantina indignée.

Mais dans sa colère, le jeune homme ne pouvait s'empêcher de continuer son discours.

— Quand l'année est mauvaise, il n'y a rien à manger. Pour survivre, ils tuent les animaux de ferme qu'ils possèdent. Dernièrement, admit Kemal, les Etats-Unis ont envoyé du blé pour leur venir en aide pendant l'hiver, mais les gens ont encore besoin de tant de choses partout !

— Tu parles comme les étudiants radicaux ! dit Sophia d'un ton méprisant. Ils voudraient tout nous prendre ! Nous avons de la chance d'avoir l'armée à notre tête.

— Susan, vous êtes fatiguée.

Constantina s'était tournée vers la jeune fille, avec l'intention évidente d'empêcher que ne continue cette discussion déplaisante.

— Vous vous êtes beaucoup agitée en bien peu de temps depuis votre arrivée. Vous devriez monter vous coucher.

— Je crois que je suis assez fatiguée, en effet, dit Susan avec un sourire confus.

Elle était contente de pouvoir s'en aller.

La jeune fille se glissa entre ses draps avec un soupir de satisfaction. Confortablement installée, détendue, elle laissa aller ses pensées.

De nouveau, elle revécut le moment terrifiant où la mort l'avait visée et manquée. Elle regretta, avec une enfantine intensité, que Paul n'eût pas été là ce soir. Certes, elle le verrait le lendemain. Il était ridicule qu'il ait pris pour elle tant d'importance, mais même le seul fait de penser à lui la réconfortait.

L'orage qui avait menacé toute la soirée se déchaîna soudain avec fureur. Les éclairs traversaient la chambre en dépit des épais rideaux. Le tonnerre roulait sans discontinuer. Et puis, le bruit de la pluie battante la berça de manière inattendue et elle s'endormit d'un profond sommeil.

A peine deux heures plus tard, Susan se réveilla, extraordinairement reposée. Elle se rendit compte aussitôt que l'orage était fini. Elle resta appuyée sur son oreiller, parfaitement lucide. Elle allait mettre des heures à se rendormir, pensa-t-elle avec impatience.

Elle s'agita sous la couverture et elle aperçut un reflet de lune entre les rideaux qui se fermaient devant le balcon. Peut-être pourrait-elle lire un peu : cela l'aiderait à se rendormir.

Elle tendit la main vers la lampe posée sur sa table de chevet, mais le geste s'arrêta en chemin. Impulsivement, elle abandonna l'idée d'allumer la lampe, et s'en fut, pieds nus, vers la porte vitrée qui s'ouvrait sur le balcon, mettant un peignoir au passage.

Elle sortit sur l'étroit balcon, serrant autour d'elle sa robe de chambre, car là, sur la colline, il faisait toujours frais la nuit, surtout après un orage. La lune était pleine, brillante, basse sur l'horizon. L'air, après la pluie, embaumait.

Avec plaisir, Susan laissa son regard errer sur le jardin, savourant le silence merveilleux, l'impression de pureté ambiante. Puis, ses yeux tombèrent sur un espace qui se trouvait presque exactement sous son balcon.

D'abord, elle crut que la femme que Kasim ser-

rait passionnément dans ses bras n'était autre que
Sophia. Mais le capuchon de sa cape retomba,
révélant le visage de Constantina.

Sentant peut-être le poids d'un regard, Kasim
leva la tête. Susan vit clairement la rage que refléta
son visage. Il murmura quelque chose à Constantina qui leva la tête à son tour : la lune éclaira la
fureur de son expression.

Tremblante, Susan tourna les talons et rentra
rapidement dans sa chambre, le cœur battant à
grands coups. Constantina et Kasim allaient sûrement penser qu'elle les espionnait. La jeune fille se
sentit terriblement seule et vulnérable.

Susan fut heureuse quand Joseph Menderez la
convoqua tout de suite après le petit déjeuner, le
lendemain. Bloc et crayon à la main, elle suivit
joyeusement la galerie qui conduisait chez l'industriel. Etre occupée retarderait une rencontre qu'elle
redoutait avec Constantina.

A la porte, elle frappa légèrement.

— Entrez.

La voix était brève, mais amicale. Ce matin,
il se préparait à travailler.

— Bonjour, monsieur Menderez.

— Bonjour, Susan.

Il avait l'air préoccupé.

Pendant quelques instants, ils parlèrent de
Washington, Susan s'efforçant en vain d'effacer de
son esprit la vision de Kasim et de Constantina
s'étreignant passionnément sous sa fenêtre. L'idée
qu'ils étaient tous les deux furieux contre elle était
fort désagréable.

Brusquement, Menderez se leva et se mit à

dicter. Pendant près d'une heure, il travailla sur l'introduction de son livre, supprimant constamment des phrases qui ne lui plaisaient pas. Ensuite, il pria Susan de lui relire ce qui subsistait.

— Non, dit-il d'un ton crispé quand elle eut achevé sa lecture. Ne vous donnez pas la peine de taper cela : c'est très mauvais. Nous allons essayer de nouveau.

Il la regarda avec inquiétude.

— Vous ferais-je travailler trop dur ? Préférez-vous attendre à cet après-midi pour reprendre la dictée ?

— Je ne suis pas fatiguée du tout ! affirma Susan avec conviction.

Elle aimait mille fois mieux continuer à travailler.

— Nous déjeunerons ici, déclara Menderez. Aujourd'hui, j'ai envie de commencer mon livre. Ce que je vous ai dicté jusqu'ici est mauvais, mais cela finira par venir. Demain, je ne travaillerai que le matin : le reste de la journée, vous pourrez vous promener en ville. Nicholas vous conduira.

Satisfait de sa décision, il se remit à dicter. Quarante minutes plus tard, il demanda que le déjeuner soit apporté dans son salon personnel. Susan ayant rangé son bloc, écouta un ardent monologue sur ce que son patron souhaitait pour son pays.

— Kemal a les mêmes aspirations, dit-il en souriant. Des jeunes et des révoltés sortiront les chefs de demain.

Il en était visiblement content.

— Si seulement il consentait à reprendre ses études..., soupira-t-il. Mais je m'inquiète de Sophia. Ses goûts et ses amis sont du côté des militaires.

Amahl parut avec une table roulante et le déjeu-

ner commença : un potage léger, un délicieux poisson grillé, une salade et du thé. Tout en mangeant,
ils entendirent Constantina qui accueillait des amies :
toutes se mirent à bavarder avec exubérance.

Pendant que Joseph et Susan s'attardaient à boire
leur thé, Constantina et ses invitées s'éloignèrent.
La jeune fille vit la Bentley, conduite par Nicholas,
descendre l'avenue vers la route. Elle fut soulagée
d'avoir encore évité la confrontation avec Constantina, après la scène de la nuit. Voyons... Constantina et Kasim devaient bien penser qu'elle ne révé-
lerait rien de ce qu'elle avait surpris !

— Je vais gagner de nouveaux ennemis avec la
publication de mes mémoires, dit Joseph Menderez
avec mélancolie. Ce livre sera... Comment dites-vous
en anglais ?... Oui : sujet à controverse. Mais j'ai
déjà eu des ennemis...

Il haussa les épaules.

— Je sais comment m'en arranger, acheva-t-il.

Ce devait être un redoutable ennemi, pensa
Susan. Intelligent et efficace.

CHAPITRE VII

Ayant organisé le programme de sa journée en fonction de son dîner au palais, Paul acheva son travail quotidien et rangea les pages qu'il venait d'écrire avec ses notes. Kemal lui avait recommandé d'arriver de bonne heure, pour avoir le temps de faire une partie d'échecs avec Menderez avant de passer à table.

Après avoir pris une douche et s'être habillé, le jeune homme prit la clé de contact de la voiture qu'un ami lui avait prêtée pour la semaine.

Il se rendit au palais, le cœur léger. Il aimait rencontrer Joseph Menderez ; l'homme était brillant, cultivé. L'ensemble du palais l'intéressait, bien que Sophia allât souvent un peu fort. Il ne lui plaisait pas réellement, pensa-t-il, amusé, mais elle était agacée qu'il ne la poursuivît pas de ses assiduités.

Parcourir la ville avec Susan l'avait enchanté aussi. A plusieurs reprises, la veille, il avait été sur le point de téléphoner au palais pour l'inviter à dîner. Mais cela aurait paru un peu abusif, peut-être, puisqu'il dînerait avec elle ce soir.

Amahl lui ouvrit la porte du palais. Il le conduisit à la bibliothèque et alla chercher Kemal.

— Est-ce que j'arrive trop tôt ? demanda Paul

en voyant paraître son ami. Tu comptais sur moi
pour une partie d'échecs avec ton père, n'est-ce pas ?

— Oui, et il t'attend avec un regard plein d'impatience ! répondit Kemal. Tu as été tout près de
le battre, la dernière fois : cela ne lui arrive pas
souvent. Veux-tu boire quelque chose ? Du *raki* ?

Le jeune homme se dirigeait vers le bar.

— La même chose que toi.

Kemal semblait crispé, ce soir. Encore des conflits
familiaux ?

— Susan va très bien, commença le jeune
homme, s'empressant de prendre un ton rassurant
qui alerta Paul immédiatement. Mais elle a eu une
drôle d'aventure hier !

Paul entendit un bref compte rendu de la chute
de l'amphore. Tout en parlant, Kemal regardait son
ami avec inquiétude, guettant ses réactions. A cause
de cela, Paul ne laissa pas voir son émotion.

Que diable se passait-il ? Ce gosse et ses menaces
près du Bazar égyptien... Et maintenant, cette
amphore. Les deux faits pouvaient ne rien signifier ;
pourtant, l'Américain se sentait mal à l'aise. Il y
avait beaucoup de domestiques au palais, et l'argent
est rare. L'un d'eux pouvait avoir été payé.

— Qu'en penses-tu ? demanda Kemal impatiemment.

L'impassibilité de son interlocuteur l'énervait.

Paul haussa les épaules.

— Une coïncidence, dit-il. Tu ne penses tout de
même pas que quelqu'un soit monté là-haut pour
déloger l'amphore de sa place ?

— Après ce que tu m'as raconté de ce gamin,
je me méfiais, avoua Kemal. Il est vrai qu'il y
avait beaucoup de vent. Il peut s'agir d'un accident.

Il paraissait rassuré.

— Finis ton verre, et allons voir comment tu te débrouilleras avec mon père.

Ils n'étaient pas devant l'échiquier depuis cinq minutes que Paul comprit : une partie seulement du cerveau de son adversaire s'intéressait au jeu, il allait le battre à plates coutures, ce qui ne pouvait guère se produire en temps normal. Pour Menderez, le jeu d'échec était une science.

— Vous gagnez ! constata l'industriel avec étonnement. Il va falloir que je prenne garde à vous la prochaine fois que nous jouerons !

Il se leva de sa chaise. Il avait l'air fatigué. Plus mentalement que physiquement, pensa Paul, et cela l'inquiéta. Que pensait-il de cette histoire d'amphore ?

En entrant dans la bibliothèque avec son hôte, Paul chercha Susan du regard. Elle bavardait avec Sophia et Kemal.

— Vous ne connaissez pas ma secrétaire, commença Menderez.

— Si, nous nous sommes rencontrés, répondit Paul avec un sourire.

Constantina s'avança pour lui souhaiter la bienvenue ; pendant quelques instants, il échangea des banalités avec elle, mais son regard revenait constamment à Susan qui ne semblait pas s'être aperçue de son arrivée. Elle parlait avec animation à Kemal et Sophia écoutait vaguement, d'un air lointain. Sophia était parfaitement consciente de la présence de Paul, mais elle affectait de ne pas faire attention à lui.

Menderez ne quittait pas Susan des yeux. Constantina le vit. Sa voix devint acide comme son sourire.

— Mon mari adore collectionner les choses, dit-

elle à Paul, les livres d'histoire, les armes anciennes...
et les beaux objets en général.

Certes, Susan était belle, pensa le jeune homme.
Il y avait en elle une douceur extraordinaire. Une
soudaine angoisse le fit frémir à la seule pensée que
quelque chose pouvait arriver à Susan. Il ne voulait
pas qu'elle souffre de quelque manière que ce soit.

— Ma tante ne dîne pas avec nous ce soir, poursuivait Constantina qui bavardait nerveusement.

Paul devina qu'elle était furieuse contre son
mari qui venait de traverser la pièce pour rejoindre
Susan.

A cet instant, la jeune fille vit Paul : son visage
s'éclaira. Elle lui dit bonsoir par gestes.

Une sonnerie téléphonique retentit quelque part
dans le palais ; quelques instants plus tard, Fatinma
vint dire à Sophia qu'on la demandait. Constantina
fronça les sourcils et son regard suivit sa fille qui
sortait de la bibliothèque.

— Joseph ! dit-elle, veux-tu nous préparer des
apéritifs ? Kemal fait cela horriblement mal.

Paul rejoignit Susan.

— J'ai le pressentiment que demain, il fera un
temps magnifique ! dit-il. Si vous pouvez en trouver
le temps, nous pourrions aller pique-niquer à Camlica. De là-haut, la vue est sensationnelle.

— Je travaillerai toute la matinée. Ensuite, je
serai libre.

Susan rayonnait.

— Je taperai mes notes en rentrant.

— Ne la fais pas trop marcher, recommanda
Kemal avec bonne humeur.

Il sourit à la jeune fille.

— Je l'ai vu à l'œuvre !

— J'ai la voiture de Bill Westbrooke pour toute
la semaine, dit **Paul**.

— J'aimerais beaucoup faire un pique-nique, dit-elle en riant. En voiture de préférence.

— Je viendrai vous chercher vers onze heures et demie.

Paul sentait le regard de Menderez fixé sur eux. Désapprouvait-il que des relations amicales s'établissent entre les jeunes gens ? Cela ne le regardait vraiment pas du tout.

— Cela semble parfait, dit Susan, un peu hésitante, mais si monsieur Menderez n'a pas fini de dicter il vous faudra attendre.

— Aucune importance.

— Voilà les apéritifs ! annonça Joseph avec une gaieté forcée. C'est un talent que j'ai acquis à Washington. Venez chercher vos verres.

Pendant le dîner, dans la chaleur d'une discussion politique entre les trois hommes, Constantina sauta sur la première occasion pour inviter Paul à les accompagner, Sophia et elle, à la réception du lendemain soir sur le yacht de ses amis.

— Paul, vous qui êtes écrivain, dit-elle, mettant en valeur toutes les ressources de son charme, il serait utile pour vous de rencontrer les gens qui seront là.

— Ils sont très riches. Très importants. Stimulants ! ajouta Sophia.

Le regard de la jeune fille le mettait au défi.

Kemal se pencha en avant d'un air irrité.

— Tu devrais aller voir comment vivent les trop riches, dit-il. Pour toi, Istanbul est une joie ; vos dollars américains vont loin avec notre monnaie dévaluée. Mais pour les Turcs, nous traversons une époque terrible. Les Turcs sont au bord de la catastrophe. Même les travailleurs en cols blancs doivent faire subsister leur famille tout un mois avec le salaire le plus bas que gagnerait un ouvrier amé-

ricain en une semaine. Et le gouvernement ne fait
rien pour faire payer les riches ! Le gouvernement
se moque des gens qui travaillent !

— Kemal, tu es déprimant ! dit Constantina, les
sourcils froncés. Je t'en prie, parle d'autre chose.

Paul quitta le palais plus tôt que de coutume.
Joseph Menderez, avec lequel il avait généralement
de longues et intéressantes discussions, fatigué, était
allé se coucher de bonne heure. Avant cela, cependant, emmenant Paul et Susan dans le salon de
chasse, il leur avait montré un poignard datant de
l'empire byzantin. Sa collection d'armes blanches,
remarquait Paul avec respect, aurait trouvé sa place
dans un musée.

Susan lui avait semblé tendue ce soir-là. Peut-
être avait-elle les nerfs ébranlés par l'accident de
la veille. Il n'avait pas pu lui parler en particulier,
mais le lendemain, ils passeraient la journée ensemble.

La vue de Camlica la ravirait. Mais il serait
obligé de veiller à l'heure, pensa-t-il avec agacement,
pour ramener Susan au palais, courir se changer
chez lui, et retourner au palais pour y retrouver
Constantina et Sophia pour cette réception sur le
yacht. Il rit. Paul Ashley sortant dans le beau
monde ! Ce serait une histoire à mettre en réserve
pour l'utiliser dans un roman.

Il gara sa voiture, puis entra dans son hôtel
modeste, mais confortable. Il pensait à ce qu'il allait
faire en rentrant. Il avait promis à son ami Dick
Spencer de lui téléphoner.

Dans le hall presque désert, il se dirigea vers la
cabine téléphonique, et tira une pièce de sa poche.
Il était tard pour téléphoner, mais Dick ne se forma-
liserait pas. Il avait une ligne spéciale entre son
bureau et son hôtel pour les appels tels que celui-là.

Paul glissa la pièce dans la fente de l'appareil et
forma le numéro.

« — Allô ! » répondit la paisible voix de Dick.

Paul poussa le bouton pour faire tomber la pièce
et établir la communication.

« — Dick, je suis désolé de t'appeler aussi tard,
mais c'est au sujet de cette jeune fille que Menderez
a fait venir de Washington... Susan Roberts...

*
* *

Le soleil entrait à flot dans le salon personnel
de Joseph Menderez, inscrivant des rubans dorés
sur sa table et sur le magnifique tapis oriental qu'il
arpentait.

Il avait du mal à se concentrer, ce matin-là, et
cela l'exaspérait. Susan, assise, le crayon en l'air,
attendait qu'il reprît la dictée.

Une tasse de thé l'aiderait peut-être ? Il interrompit ses allées et venues pour tendre la main vers
la théière qui se trouvait sur son immense table à
écrire, chargée de papiers.

— Du thé, Susan ?

— Non, merci, dit-elle en souriant.

Confiante, vulnérable, pensa-t-il.

Il se détourna, de peur qu'elle ne lût dans ses
yeux.

— Voulez-vous relire depuis le début ?

Tandis qu'elle lisait, il se remit à marcher d'un
bout à l'autre de la pièce, buvant son thé à petites
gorgées, secouant la tête de temps à autre avec
impatience. Non, il n'y avait là que des phrases
vides. Que lui arrivait-il ?

Il ne s'était pas attendu à ce que Susan fût aussi
ravissante. Les photographies ne donnaient qu'une
imparfaite indication. Son regard sombre s'attarda

sur elle. Il était essentiel de la faire venir à Istanbul.
Il avait *raison* de faire ce qu'il faisait. C'était *bien*.

Le visage grave, il se remémora le passé, son
angoisse, sa souffrance, sa déception. Et pour finir,
son acceptation. Attendre, il lui fallait attendre.

Il s'arrêta devant la fenêtre, alerté par l'arrivée
d'une vieille voiture, avec Paul Ashley au volant.
Il fronça les sourcils. Il avait observé les jeunes gens
ensemble, la veille. Paul serrait Susan de près. Cor-
rectement, mais cela n'y changeait rien. Et Susan
était émue. Ils s'étaient rapprochés si vite : deux
Américains en pays étranger. Ce devait être leur
unique lien.

— Susan, attendez-vous quelqu'un ?

Elle leva la tête, surprise, déconcertée. Son
regard suivit celui de Joseph et elle vit Paul qui
descendait de voiture.

— Paul m'emmène à Camlica, monsieur Menderez, expliqua-t-elle, mais il sait que je travaille.
Il sait qu'il lui faut attendre.

Elle voulait lui faire entendre qu'elle ne souhaitait pas esquiver son travail : il le comprit et fit
un geste découragé.

— Je n'arrive à rien aujourd'hui, dit-il. Je ne
parviens pas à être cohérent. Demain matin, nous
essaierons de nouveau. De plus, j'attends Kasim
d'un instant à l'autre, nous avons à discuter affaires.
Sauvez-vous, Susan.

— Vous êtes sûr ?

Elle était ennuyée par cette brusque interruption
de la dictée.

— Je suis sûr.

Menderez exagéra l'euphorie de son sourire.

— Partez avec Paul. Vous aimerez Camlica.

— Merci.

La jeune fille sourit, referma son bloc et se leva.

— Susan...

Il n'avait pas eu l'intention de parler aussi sèchement. Il vit Susan tressaillir.

— Oui, monsieur Menderez ?

— Seulement un mot pour vous inciter à la prudence, dit l'industriel avec plus de douceur. Quand vous aurez fini de taper vos notes, détruisez-les, s'il vous plaît. Et détruisez les carbones chaque fois que vous abandonnerez votre machine à écrire.

— Je le ferai, promit Susan.

Elle paraissait un peu émue.

— Sauvez-vous et passez une bonne journée.

— Merci, monsieur.

Son sourire était éclatant. Peut-être avait-il imaginé qu'elle était anxieuse ?

Elle s'avança vers la porte et disparut dans la galerie, à la rencontre de Paul. Joseph Menderez se sentit vieux.

Sa crise cardiaque l'avait effrayé. Etre si près de la mort, laissant tant de choses inachevées derrière lui... Les médecins se montraient optimistes et répétaient avec insistance qu'il avait encore de belles années devant lui. Mais il ne voulait plus rien remettre au lendemain : il se l'était juré.

De la fenêtre, il vit Susan rejoindre Paul. Tous deux s'engagèrent dans l'avenue juste au moment où Kasim arrivait et s'arrêtèrent pour échanger quelques mots courtois avec lui. Joseph s'assit, sa tasse de thé dans la main. Kasim n'apprécierait pas du tout ce qu'il avait à lui dire.

Ce dernier, bien vêtu, plein d'assurance et pourtant déférent envers son patron, entra dans la pièce.

— J'ai les comptes, dit-il avec un sourire satisfait. Je pense que vous serez content. Mais sincèrement, ajouta-t-il, soudain sérieux, je trouve que

vous ne devriez pas vous inquiéter de ces questions.
Votre santé devrait être votre premier souci.

— Laissons les médecins s'occuper de ma santé,
dit Joseph.

Il savait très bien que Kasim aurait voulu le voir
se retirer complètement des affaires : à ce moment,
Kasim aurait la haute main sur tout. C'était pour
cela qu'il courtisait Constantina. Le croyaient-ils
assez malade pour ne pas s'apercevoir de leur liaison ? Kasim était un homme d'affaires brillant, très
au courant des lois, mais il manquait parfois de
patience.

Joseph se pencha en avant, son regard fixé sur
Kasim, guettant sa réaction.

— Kasim, nous verrons les chiffres plus tard,
dit-il. Je voudrais que vous preniez contact avec le
syndicat qui a tenté d'acheter des intérêts dans
l'usine.

Déjà, il avait ému son collaborateur. Kasim avait
les yeux opaques, un sourire poliment étonné, mais
l'espace d'un instant, Menderez avait parfaitement
discerné son sursaut de révolte.

— Mais, Joseph, dit-il d'un ton indulgent, vous
connaissez leurs conditions ? Ils veulent avoir la
majorité dans l'affaire !

— Je la leur donnerai.

Les yeux de Kasim brillèrent de scepticisme.

— Voyons, vous ne voudriez pas faire cela !

Il voyait l'effondrement de ses ambitions, pensa
Joseph. Il savait que le syndicat nommerait le directeur de son choix. Les nouveaux venus ne met-
traient pas Kasim à la porte, sans doute, il était
trop compétent, il connaissait l'affaire dans tous ses
détails, mais son rôle deviendrait, peu à peu, d'importance mineure.

— Ils considèrent la transaction terminée, rappela Kasim à Menderez. Avant de tomber malade, vous ne vouliez à aucun prix leur laisser la majorité !

— Ils seront contents de savoir que j'ai changé d'idée, répondit Joseph avec entrain. Je vendrai au prix que nous avions convenu et l'argent sera déposé à mon nom dans une banque suisse. Vous vous occuperez de tout.

— Joseph..., vous êtes sûr de vouloir faire cela ? balbutia Kasim.

Il essayait de se maîtriser.

— Vous les laisseriez faire ce qu'ils veulent d'une affaire qui vous a pris vingt ans à construire ?

— Kasim, je suis fatigué, dit doucement Menderez.

Voilà ce que Kasim désirait entendre depuis bien longtemps, se dit Joseph, mais il pensait apprendre par la même occasion qu'il prenait, seul, la direction de l'usine. L'instinct de Joseph l'avait toujours incité à ne pas laisser tous les pouvoirs à Kasim, et toute sa vie, il avait suivi son intuition.

— Faites les démarches voulues, dit-il. Je veux que l'argent soit déposé dans une banque suisse le plus tôt possible.

— Mais pourquoi une banque suisse ? demanda Kasim abasourdi. Vous savez que la transaction doit être déclarée au gouvernement.

Il hésita, puis reprit :

— Vous devriez réfléchir davantage.

— C'est tout réfléchi. C'est cela que je veux, dit Menderez.

La résistance de Kasim l'agaçait.

— Et maintenant, s'il vous plaît, voyons ces chiffres, acheva-t-il.

**

Susan regardait avidement tout ce qu'on voyait de la voiture ; Paul suivait les rues étroites, assez crasseuses, des faubourgs de la vieille cité.

— Nous nous arrêterons pour prendre une tasse de thé avec Iris, dit Paul. Je lui ai demandé de nous préparer un déjeuner froid.

Il rit de la stupéfaction de Susan.

— Iris adore traîner dans les boutiques et discuter avec les commerçants.

— Depuis combien de temps est-elle à Istanbul ?

— Deux mois environ. Comment vont les mémoires ? demanda le jeune homme.

— Nous avons tout juste commencé. Monsieur Menderez cherche la perfection. Jusqu'à présent, il a rejeté la majeure partie de ce qu'il m'a dicté.

— J'ai un ami au consulat américain. Il dit qu'on raconte, dans les milieux officiels, que Menderez prépare une bombe.

— Va-t-il avoir des ennuis ? demanda Susan.

Elle se rappelait soudain la recommandation de Menderez, de détruire ses notes.

Paul haussa les épaules. Il ne quittait pas des yeux les lents véhicules qui le précédaient.

— Vous connaissez la situation, Susan. Certains personnages du gouvernemnt n'ont pas envie qu'on leur jette leur passé à la figure.

Il se tourna vers la jeune fille pour la regarder d'un air pensif.

— Vous regrettez d'avoir accepté l'engagement ?

— Non, répondit Susan avec décision. Pour rien au monde je n'aurais voulu manquer ce séjour à Istanbul.

Paul lâcha le volant d'une main pour effleurer la sienne un instant d'un air approbateur. Mais il restait grave. Que lui avaient dit ses amis du consulat qu'il ne voulait pas répéter ?

Ils se rendirent devant l'hôtel où Iris logeait. C'était un petit immeuble de deux étages, passablement décrépit, serré entre deux bâtiments plus grands. Iris les attendait à l'extérieur. Elle leva le sac qui contenait le pique-nique en s'avançant vers la voiture.

Paul lui paya ce qu'il lui devait et lui demanda s'il pouvait la conduire quelque part.

— Je vais rester là un moment pour voir si Kemal se montre, déclara Iris. Il a dit qu'il passerait peut-être ici avant le déjeuner.

Elle était visiblement ennuyée à l'idée que Kemal pouvait avoir des projets où elle ne figurait pas. Elle réussit pourtant à sourire et leur fit un geste de la main en s'éloignant de la voiture. Paul se dirigeait à présent vers le ferry.

— Une autre fois, nous irons au palais Dolmabane, promit-il, et Susan sourit. Il était rassurant de penser qu'il avait projeté d'autres excursions en sa compagnie.

Si c'était le seul palais d'Istanbul, expliqua-t-il, la ville aurait tout de même une réputation de magnificence. Kemal Ataturk est mort dans une petite chambre de ce palais pendant une visite à la cité. Toutes les pendules ont été arrêtées à la minute exacte de sa mort.

— Combien dure la traversée en ferry ? demanda Susan.

— Le trajet jusqu'à Usküdar dure environ une demi-heure. Nous allons en Asie, vous savez. Au temps de l'empire byzantin et des premiers Ottomans, Usküdar était le point de halte pour les guerriers qui gagnaient l'Anatolie.

Susan écoutait attentivement, réchauffée par l'enthousiasme de Paul au sujet de cette période d'histoire, et fascinée à l'idée de prendre pied sur un autre continent.

Les yeux de Paul quittèrent un instant la route pour se poser sur Susan.

— Usküdar vous plaîra, dit-il. Nous nous promènerons dans la ville avant de monter à Camlica.

Ils attendirent le ferry quelques minutes, puis montèrent à bord avec l'impression de partir à l'aventure. Le bateau traversa le Bosphore : debout contre le bastingage, ils regardèrent le paysage avec un enthousiasme tout américain.

— J'espère qu'Iris nous a préparé un déjeuner fantastique ! dit Paul. Je serai affamé quand nous nous installerons dans les bois de Camlica.

Le ferry accosta cérémonieusement. Les jeunes gens débarquèrent, gagnèrent le quai et suivirent la rue principale vers le centre de la ville.

— Nous ne nous occuperons pas des mosquées aujourd'hui, décida Paul après avoir garé la voiture. Je veux vous faire voir les vieilles maisons de bois qui sont âgées d'un siècle au moins.

La main dans la main, ils parcoururent la ville, s'arrêtant de temps à autre pour contempler les maisons qui leur plaisaient, puis Paul annonça qu'il était temps de reprendre la voiture et de monter la pente de la côte asiatique afin de gagner Camlica.

— Vous ne pouvez pas trouver de plus belle vue que celle que vous aurez d'en haut, dit Paul.

Ils laissèrent la voiture au sommet de la falaise et s'en furent vers un beau point de vue. Pendant un long moment, ils demeurèrent silencieux, regardant un spectacle beau à couper le souffle : devant eux s'étendaient Istanbul, le Bosphore, la mer de Marmara et les îles.

— Voici la tour de la météo, dit Paul en désignant une tour dressée près d'un bois de pins. On la voit de la ville. Les couleurs indiquent le temps qu'il fera le lendemain : le vert, c'est la pluie, le jaune, le brouillard. Le bleu annonce le beau temps, mais si la couleur est rouge, c'est la neige.

— Je meurs de faim, dit Susan. Cherchons un endroit où déjeuner.

Ils déambulèrent entre les pins au parfum aromatique, cherchant un emplacement tranquille.

— Ici, dit Paul avec un sourire.

Ils étaient parvenus à une oasis de paix, le silence n'étant rompu que par la voix d'une jeune fille qui chantait en s'accompagnant à la guitare à une cinquantaine de mètres de là. Ils seraient séparés des autres touristes par d'épais buissons et des pins élevés.

— Parfait ! dit Susan.

Avec enthousiasme, elle se laissa tomber sur un merveilleux tapis gazonné.

— Voyons ce qu'Iris nous a préparé.

Paul ouvrit le sac et Susan se pencha pour en examiner le contenu.

— Œufs durs et salade russe, dit-elle avec satisfaction.

— Feuilles de vignes farcies, ajouta-t-il. Et fromage de chèvre. Et un gâteau de riz en boîte.

— Et deux bouteilles de coca-cola ! dit Susan en riant. Quelle incongruité ! Boire du coca-cola en Turquie !

— Oui, nous sommes loin de Central Park, dit Paul.

Son regard se posait avec plaisir sur Susan.

— Je me suis arrangé pour avoir le temps de m'imbiber de l'atmosphère du pays, mais j'ai tout de même travaillé plus dur ici que je n'avais jamais travaillé au cours de ma vie. J'ai eu beaucoup de chance en rencontrant Kemal qui m'a introduit au palais et m'a présenté à son père. Menderez a été formidable ; grâce à lui, j'ai obtenu la permission de travailler dans diverses bibliothèques.

— Quand achèverez-vous votre livre ?

— J'ai presque fini le premier jet. Je pourrais terminer le tout en Amérique, mais je peux vivre ici pour beaucoup moins cher. Je resterai probablement encore six mois ici... A moins que mon argent ne file plus vite que prévu. Si cela se produisait, je serais obligé de rentrer aux Etats-Unis, de chercher un job et de finir mon livre pendant la nuit.

— Ce serait dur ! s'exclama Susan pleine de compassion.

Elle n'avait aucune envie de voir Paul partir avant la fin de sa propre année à Istanbul.

— Avec de la chance, je rentrerai au pays avec un manuscrit terminé, dit Paul. Je n'aurais pas pu écrire ce roman sans vivre ici, en voyant tout, en fouillant dans les documents. Kemal m'a énormément aidé en me les traduisant.

Ses yeux brillaient de reconnaissance.

— Cela vous étonne ? observa-t-il. Vous pensiez que Kemal ne faisait que s'amuser avec Iris et palabrer avec ses amis ? Non, avant de le rencontrer, je me tuais à travailler avec le seul recours d'un dictionnaire. Une foule de documents ne sont pas traduits.

— Un peu plus de salade ? dit Susan. Elle est délicieuse.

— Je demande grâce, répondit Paul en riant. Nous pourrons y revenir plus tard. Iris a préparé un déjeuner pour une armée !

Il rassembla ce qui restait de leur festin et remit tout bien en ordre dans le sac.

— Ne croyez-vous pas que je serais un homme

précieux à avoir dans une maison ? demanda-t-il.

— Absolument !

Le cœur de Susan battait, car même s'il plaisantait, les yeux de Paul étaient graves. Les choses pouvaient-elles se précipiter ainsi pour tous les deux ? Ou étaient-ils seulement pris au piège du mystère exotique du Moyen-Orient ?

— Quelles sont ces fleurs, là-bas ? demanda Paul.

Volontairement, il dissipait l'émotion qui s'était saisie d'eux et Susan fut un peu déçue, mais elle devina qu'il était aussi frappé qu'elle par l'intimité soudaine qui venait de surgir entre eux.

— Je ne sais pas, dit-elle, mais elles sont ravissantes.

— Je vais en voler une pour vous.

Paul se leva, regarda un long moment la jeune fille assise à ses pieds, puis s'en fut vers un buisson chargé de fleurs.

Savourant la perfection de ces minutes, Susan se laissa choir en arrière sur le gazon, les bras étendus, se sentant merveilleusement libre et paisible. Mais l'impression ne dura que le temps d'un éclair et se changea brusquement en cauchemar... Car au moment même où elle touchait le sol des épaules, quelque chose siffla au-dessus d'elle, passant à une allure vertigineuse. On aurait dit que les deux mouvements étaient rigoureusement réglés et coordonnés.

Elle resta immobile, paralysée par le choc, sachant que si elle avait tardé une fraction de seconde de plus à s'allonger sur l'herbe, le poignard qui était passé au-dessus d'elle serait maintenant fiché dans son dos.

— Paul !

Sa voix était celle d'une étrangère.

— Paul...

Elle le vit revenir rapidement à elle, surprit son regard horrifié quand il comprit ce qui venait de se passer.

— Restez là, Susan.

CHAPITRE VIII

Il se précipita vers les buissons dont les feuilles remuaient encore après une fuite éperdue. Susan se redressa pour se retrouver assise par terre, luttant pour reprendre son équilibre. Elle ne voyait plus Paul, lancé à la poursuite de celui qui avait failli être son assassin.

Elle se força à se tourner pour regarder l'arme, sa poignée ornementée luisant au soleil, sa lame meurtrière enfoncée dans le tronc d'arbre juste devant elle. Elle frissonna, subitement glacée à l'idée qu'un simple mouvement en arrière l'avait sauvée de la mort.

Pourquoi Paul ne revenait-il pas ? Prise d'appréhension, elle se leva, se détournant résolument de l'arme. Paul et elle avaient vu des poignards semblables à celui-ci au Grand bazar : des poignards anciens.

Elle entendit des voix au loin, des voix que faisait monter l'agitation. Paul racontait-il à ces étrangers ce qui s'était passé ?

Soudain, elle entendit des pas et elle eut peur ; une main écarta les buissons pour y ouvrir le passage ; la main de Paul. Elle respira.

— Il a filé, soupira le jeune homme avec colère. C'est trop facile dans ces bois...

Il s'interrompit.

— J'ai dit aux autres, là-bas...

D'un geste, il désignait une pelouse de pique-niqueurs un peu plus loin.

— J'ai dit qu'on vous avait volé votre porte-feuille.

— Paul, pourquoi tout cela ?

Malgré ses efforts pour paraître tout à fait maîtresse d'elle-même, la voix de Susan n'était qu'un murmure tremblant.

— Si cela a un rapport avec le gamin qui vous a accostée devant le grand bazar, nous devons en conclure que quelqu'un a...

Paul hésita, cherchant ses mots.

— ... A reçu l'ordre de vous supprimer. Susan... Vous devriez regagner les Etats-Unis par le premier avion.

Il avait l'air malheureux.

— Je ne vais certainement pas me sauver !

Brusquement, elle s'indignait. Etre ici, à Istanbul, depuis si peu de temps, et se laisser effrayer au point de s'enfuir ? Au point de se séparer de Paul ?

— Paul, je ne peux pas faire ça ! Je veux découvrir ce qu'il en est exactement. Je ne veux pas passer le reste de ma vie à regarder sans cesse derrière moi en me demandant quand on recommencera à m'attaquer ! Je veux savoir maintenant, Paul. MAINTENANT !

— Le plus sage serait de faire un rapport à la police, dit Paul.

Il tira un mouchoir de sa poche et se dirigea vers l'arbre où s'était planté le poignard.

Qu'avait-il dans l'idée ? se demanda Susan. Il n'avait pas dit la vérité aux autres promeneurs. Que comptait-il faire de ce poignard ? Il protégeait soigneusement les empreintes digitales que pouvait porter le manche.

— Paul, dit-elle, comment la police pourrait-elle retrouver le propriétaire de ce poignard ?

Sceptique, elle regardait avec dégoût l'arme enveloppée dans le mouchoir.

— Il n'y a que ce seul indice...

— C'est exact. La police ne fera qu'écrire un rapport et le mettra dans un fichier. Je vais porter cela à un ami, au consulat... Je verrai s'il peut recueillir d'autres indications de manière non officielle.

Il eut un sourire contraint.

— Dorénavant, nous prendrons soin d'éviter les endroits isolés comme celui-ci.

Susan soupira.

— Pourquoi quelqu'un voudrait-il me tuer ?

Elle regarda le jeune homme mettre soigneusement le poignard au fond du sac du déjeuner.

— Je ne crois pas un mot de la théorie selon laquelle monsieur Menderez renoncerait à écrire ses mémoires s'il m'arrivait quelque chose, dit-elle.

— D'autres personnes peuvent la croire, Susan, dit doucement Paul. Il est temps de chercher la clé de l'énigme.

— Par votre ami au consulat ?

Le jeune homme hocha la tête.

— Je ne crois pas que nous devrions dire quoi que ce soit à monsieur Menderez, dit Susan. Kemal a répété qu'ils veulent lui éviter toute émotion.

— J'en parlerai confidentiellement à Kemal, répondit Paul, et seulement à Kemal. Mais je serai plus tranquille si quelqu'un est alerté au palais. Dick Spencer, au Consulat, s'occupera de cette affaire pour nous. Après tout...

Il sourit.

— S'inquiéter de la sécurité des Américains en séjour ici fait partie de leur travail, acheva-t-il.

— C'est tellement incroyable ! s'exclama Susan. Ce gosse dans la rue..., cette amphore... Bien sûr, là, nous n'avons aucune certitude, ajouta-t-elle honnêtement. Ce pouvait être un accident. Un présage, disait madame Gulek !

Irène Gulek, que terrifiait tellement l'idée de Menderez écrivant ses mémoires, n'était qu'une vieille femme timorée...

— Mais aujourd'hui, acheva Susan, il n'était pas question d'accident.

— Retournons au ferry.

Paul s'efforçait de prendre un ton détaché.

— Je vous ramènerai au palais et j'irai voir Dick Spencer.

*
* *

Paul entra dans le luxueux hall du vaste palais ancien, devenu un hôtel où logeait Dick Spencer. Un siècle plus tôt, c'était l'endroit où il *fallait* se montrer. Dick trouvait agréable le luxe d'une grande chambre-salon, d'une salle de bains de la taille de bien des chambres d'hôtel, et d'un balcon d'où l'on avait vue sur la Corne d'Or.

Paul passa par le salon aux murs revêtus de marbre : Dick avait dit qu'il y serait peut-être, mais après un coup d'œil rapide, Paul constata que son ami n'était pas là.

Il alla attendre l'ascenseur, devant la porte de fer ouvragé. Dès que la cabine arriva, il y prit place.

Dick lui ouvrit avec un sourire amical. Bien bâti, beau garçon à l'allure réservée qui masquait un esprit fin et acéré, il occupait encore à vingt-huit ans un échelon modeste, mais il avait accès à tout renseignement et savait énormément de choses.

— Nous descendrons dîner dans quelques minutes, promit Dick.

Il contempla avec une inquiétude comique le sac du pique-nique.

— Avais-tu l'intention de te restaurer sur mon balcon ? Quand nous pouvons dîner somptueusement pour deux dollars américains ?

— Je veux te montrer un objet que j'ai là-dedans.

Paul entra dans la pièce et posa le sac sur une chaise.

— Que s'est-il passé ?

La gaieté de Dick s'effaçait en face de la gravité du visiteur.

— Une tentative de meurtre. Sans aucun doute cette fois. Quelqu'un a jeté un poignard sur Susan.

— Eh bien..., raconte.

Les yeux noisette de Dick se fixèrent sur Paul. Il se laissa choir dans un fauteuil et écouta le récit succinct de son camarade.

En le terminant, Paul se pencha et fouilla dans le sac à provisions.

— Tu dois pouvoir faire examiner ça pour les empreintes digitales, je pense ?

Il tira du sac le poignard emballé dans le mouchoir.

— Paul ! Nous ne sommes ni à New York ni à Londres ! protesta Dick.

— Nous sommes dans une ville de trois millions d'habitants. Il y a ici des possibilités considérables.

— Oui, il existe bien un laboratoire, concéda Dick.

Il prit mouchoir et poignard avec dégoût et alla les glisser dans son attaché-case, sur une table.

— On trouvera des empreintes, dit-il. Et qu'en ferons-nous ? Il n'y a pas ici de gigantesque fichier comme chez nous. Tu devrais faire une déposition auprès des autorités turques.

— Ils la numéroteront et la classeront avec d'autres paperasses. Pourquoi le consulat ne s'en occuperait-il pas ?

— Le consulat ne peut que faire un rapport à la police turque, déclara Dick avec flegme.

— Susan est citoyenne américaine !

— Un meurtre est l'affaire de la police. Entre nous, le consul lui conseillera de faire sa valise et de filer. Tu n'as pas envie de cela, je suppose ?

— Je lui ai donné le même conseil. Elle refuse de partir.

Paul se pencha en avant.

— Dick, il faut que nous trouvions qui essaye de la tuer !

— Tu n'as pas vu le bonhomme ?

Paul grimaça un sourire.

— Je ne sais même pas s'il s'agit d'un homme, bien que je ne voie guère une femme nous suivant, Susan et moi, à Camlica, et lui jetant ce poignard !

— Aucune idée sur le motif ?

— J'en reviens toujours à Menderez et aux mémoires, dit Paul avec lassitude.

Susan avait-elle raison de vouloir cacher tout cela à Menderez ?

— Que sais-tu des gens sur lesquels tu devais te renseigner ? Ceux à qui ces mémoires pourraient nuire ?

— Je n'ai rien reçu encore. Je ne suis pas une annexe de la C.I.A. ! protesta Dick.

La déception fit sauter Paul sur ses pieds. Comment pourraient-ils agir assez vite, avant que l'assassin ne fasse une nouvelle tentative ? Au palais même, il y avait une douzaine de serviteurs, et chacun d'eux pouvait avoir été acheté.

— Nous étions méfiants jusqu'à présent, Dick, mais nous n'avions que des soupçons. Maintenant, c'est une certitude : quelqu'un veut tuer Susan. Pourquoi ?

Il se mit à arpenter la pièce comme un fauve en cage, puis s'arrêta brusquement pour regarder Dick. Celui-ci leva les mains en un geste d'incompréhension.

— Susan est une jeune Américaine sans histoire, dit Paul. Elle a travaillé pour un sénateur à Washington jusqu'au moment où un attaché d'ambassade l'a persuadée de venir remplir le rôle de secrétaire auprès de Menderez. Pourquoi voudrait-on l'assassiner ?

Dick réfléchissait.

— Ils doivent avoir un dossier sur elle à Washington, dit-il. Je vais en demander une copie.

Paul lui jeta un regard aigu.

— Pour quelle raison auraient-ils un dossier sur Susan Roberts ?

— Parce qu'elle est ici pour travailler pour Joseph Menderez. Tout ce qui concerne celui-ci nous intéresse. C'est un personnage important. Descendons dîner. Ensuite nous remonterons et j'essaierai de téléphoner à Washington. Il sera encore de très bonne heure là-bas. Peut-être pourrons-nous obtenir quelques renseignements assez rapidement.

Il fallait agir vite, pensa Paul.

— Pas de dîner ce soir, merci, dit-il avec regret, pensant à ses obligations mondaines. Je suis obligé d'escorter Constantina et Sophia Menderez à une soirée sur le yacht de je ne sais qui.

— Eh bien ! Tu évolues dans des cercles bien

élégants, pour un écrivain impécunieux ! répliqua Dick en riant. Attention à Sophia !

— Je ne suis pas assez intéressant pour elle, dit Paul. Tâche de donner ce coup de téléphone, Dick. Si tu pouvais le faire maintenant...

— Très bien. Voyons ce que nous pouvons obtenir.

Melâhat versa de l'huile parfumée dans le bain de Constantina, vérifia la température de l'eau, et entra prestement dans la chambre. En parlant doucement, elle réveilla sa maîtresse qui sommeillait sur son lit.

Constantina attendit que la servante eût quitté sa chambre pour se lever. Elle avait pris l'habitude de faire un somme avant une sortie importante. Elle s'attarda près du lit, son regard couvant l'appareil téléphonique. Kasim devait être rentré chez lui à présent. Mais devait-elle l'appeler puisqu'elle le verrait à la réception ?

Elle tendit la main vers l'élégante robe de chambre posée au pied du lit et s'en enveloppa avant de s'approcher du téléphone. Kasim était avec elle quand elle avait acheté ce peignoir, pendant ces deux jours à Rome, tandis que Joseph était encore à l'hôpital. Personne ne savait que Kasim était à Rome : on le croyait à Paris pour affaires.

Son regard chercha le miroir en face d'elle pendant qu'elle attendait que Kasim répondît. Elle avait l'air plus jeune quand elle avait dormi.

La voix de Kasim lui parvint. Calme, assurée, toujours stimulante pour Constantina.

« — Seras-tu de bonne heure à la réception ? » demanda-t-elle.

« — Constantina ! J'ai voulu te parler toute la journée ! »

« — Pourquoi ne m'as-tu pas appelée ? »

La joie dilatait son cœur.

« — Tu sais que ce n'est pas prudent. N'importe qui peut intercepter la communication. Comment savons-nous qu'on ne parle pas de nous à Joseph ? »

« — Personne ne lui parle de nous ! répliqua-t-elle avec une pointe d'arrogance. La fille ne dira rien. »

Kasim avait été furieux que Susan les aperçoive.

« — Constantina, commença-t-il, je suis venu au palais ce matin. »

« — Je sais,. Je me suis réveillée tard. Sinon, je me serais arrangée pour te voir. »

« — Joseph t'a-t-il parlé de ses projets concernant ses affaires ? » demanda Kasim.

« — Joseph ne me dit jamais rien, tu le sais bien. »

« — Il a décidé de vendre la majorité des parts de l'usine. Il m'a ordonné de prendre contact avec un important syndicat. »

« — Je ne comprends pas ! Pourquoi ferait-il cela ? »

« — Il m'a donné ses instructions, répéta Kasim. L'argent de la transaction doit être placé au nom de Joseph dans une banque suisse. »

« — Que cela peut-il signifier ? »

Elle s'inquiétait soudain, plus de l'anxiété qu'elle sentait en Kasim que des faits en eux-mêmes. D'ailleurs, si Joseph renonçait à contrôler la marche de l'usine, cela ne porterait-il pas atteinte à la position de Kasim ? Dans ce cas, il n'y avait rien de surprenant à ce qu'il fût bouleversé.

« — Kasim, dit-elle, pourquoi veut-il faire dépo-

ser son argent dans une banque suisse ? S'attendrait-
il à avoir des ennuis avec le gouvernement ? »

« — Peut-être a-t-il envie d'écrire ses mémoires
dans un chalet suisse, dit Kasim sèchement. Seul
avec la fille et tout son argent. »

« — Kasim ! »

D'un seul coup, elle se mettait à trembler. Sophia
répétait que Joseph était amoureux de Susan...
Voilà que Kasim disait la même chose. Mais cela
ne ressemblait pas du tout à Joseph.

« — Non, dit-elle, je ne crois pas cela. »

« — Constantina, ne sois pas naïve. Joseph a vu
la mort de près. Après une aventure comme celle-là,
un homme réagit différemment devant la vie. Joseph
voit le temps lui filer entre les doigts. La fille est
ravissante, jeune... »

« — Assez ! »

Une pénible colère montait en Constantina.
Jeune !

« — Si Joseph veut que cet argent soit déposé
dans une banque suisse, dit-elle, c'est sûrement à
cause du gouvernement. »

« — N'as-tu pas vu la façon dont il la regarde ?
demanda Kasim impatiemment. Il est hypnotisé
par elle. Trouve un moyen de la renvoyer en Amérique, c'est important pour nous deux. Peut-être,
alors, Joseph reviendra-t-il à la raison. »

« — Que vas-tu faire au sujet de ce syndicat ? »

Constantina, soudain, avait froid. Joseph avait
été le pivot de sa vie depuis douze ans. Elle ne
pouvait envisager l'existence sans lui. Sa crise cardiaque l'avait effrayée, et cela malgré son idylle
avec Kasim.

« — Je ne connais les intentions de Joseph que
depuis ce matin, dit Kasim avec irritation. Je vais
retarder les choses aussi longtemps que je le pour-

rai. Mais débrouille-toi pour faire partir la fille,
répéta-t-il. Ensuite Joseph reprendra ses esprits. Il a
bien repoussé l'offre de ce syndicat une douzaine
de fois. La fille partie, il la repoussera une fois
de plus. »

« — Kasim, ma baignoire va déborder. »

Elle ne voulait pas lui parler plus longtemps.
Elle avait besoin de réfléchir.

« — Nous discuterons ce soir ! » dit-elle.

Vêtue de mousseline de soie noire, avec une
jupe plissée qui ondulait à chacun de ses pas, Constantina quitta son appartement. Ce soir, elle avait
mis ses plus beaux bijoux. A la porte de sa tante,
elle frappa légèrement, et fut introduite par Fatima
qui venait d'apporter son dîner à la vieille dame,
sur un plateau dans son lit.

— Je suis fatiguée, dit Irène Gulek avec une
moue, en invitant du geste la servante à s'en aller.
Quand je me tourmente, je sens le poids des années.

— Il ne faut pas te tourmenter, répondit Constantina avec fermeté.

Parmi les femmes de la famille, c'était toujours
sa tante qui restait la plus forte, sa tante à laquelle
ils allaient tous exposer leurs problèmes.

— Constantina, tu n'es pas raisonnable, dit sévèrement l'infirme. Tu compromets ton existence.
Ce Kasim...

Elle eut un grognement de dégoût.

— Il ne te courtise que dans son propre intérêt.

— Kasim est jeune et beau. Beaucoup de femmes
l'admirent, il pourrait choisir n'importe laquelle.

Constantina se défendait, mais ne niait rien. A
quoi bon puisque sa tante était au courant de tout ?

— Kasim, reprit la vieille dame avec ironie, a
besoin d'une alliée. Il espérait, quand Joseph a eu
son alerte cardiaque, que tu le déciderais à prendre

sa retraite et qu'il aurait la haute main sur les affaires.

Madame Gulek repoussa son plateau.

— Constantina, il faut que tu cesses de voir Kasim de cette manière. Et il faut que tu persuades Joseph de renvoyer cette fille. Il va se rendre tout à fait ridicule avec elle.

Sa tante aussi avait quelques doutes ? Tout à coup, Constantina prit peur. Etait-elle obnubilée par Kasim au point de ne pas voir ce qui se passait dans sa famille ? Non. Non ! Elle ne pouvait pas se permettre de briser son ménage !

— Je vais parler à Joseph, dit-elle avec hésitation.

Comment parlerait-elle à Joseph ? Ils étaient si loin l'un de l'autre, à présent.

Elle descendit et se rendit dans la chambre de son mari. Ostensiblement pour lui dire bonsoir. Il se couchait de bonne heure maintenant. Il dormirait quand Sophia et elle reviendraient de la réception.

Elle frappa à la porte de l'appartement : Amahl vint lui ouvrir. Elle entra avec un sourire contraint, car Joseph et Susan, visiblement ravis tous les deux, dînaient en tête à tête. Kemal, une fois de plus, était sorti.

— Constantina, tu es merveilleuse ! dit Joseph.

Il l'admirait comme il admirait n'importe quel autre objet lui appartenant, pensa Constantina amèrement.

Quand Joseph et elle-même avaient-ils commencé à s'éloigner l'un de l'autre ? Y avait-il même eu un temps où ils étaient rapprochés ? Elle admirait la position importante de Joseph, son argent, ce qu'il pouvait faire pour elle et les siens.

— Votre robe est extraordinaire ! dit Susan timidement.

— Merci à vous deux.

Constantina réussit à leur adresser un sourire éclatant.

Susan semblait nerveuse, ce soir. Que lui disait Joseph ? Complotaient-ils de partir ensemble pour la Suisse ? Non, Constantina n'en croyait rien. Joseph n'était pas capable de faire une chose aussi absurde.

« Kasim le croit attiré par cette petite ; Joseph s'intéresse à Susan, c'est certain. Mais l'hypothèse de ce voyage me paraît invraisemblable. »

— Veux-tu prendre le café avec nous ? proposa Joseph.

— Non, merci.

Elle s'assit sur le canapé, du côté opposé à celui qu'occupait son mari. Paul devrait arriver maintenant d'une minute à l'autre... Pourquoi Sophia ne descendait-elle pas ?

— Kasim sera-t-il à cette soirée ? demanda Joseph.

— Je n'en suis pas sûre.

— S'il y est, veux-tu lui demander de m'appeler demain matin ?

— Certainement, si je le vois, répondit Constantina.

Joseph se mit à parler de l'excursion faite par Susan à Camlica ce jour-là. Il y avait quelque chose d'étrange, pensa Constantina ; Susan semblait pleine de réticences. S'était-elle disputée avec Paul ? Pourquoi semblait-elle ne rien vouloir dire de sa promenade ?

Nerveuse, tout à coup, Constantina se leva et alla regarder par une fenêtre. Paul arrivait dans un *dolmus*.

Ils entendirent Fatima saluer le jeune homme,
un pas tranquille dans la galerie, jusqu'à la porte.
Un léger coup frappé, Joseph répondit vivement :

— Entrez, Paul.

Susan se força à lever la tête avec un sourire
normal. Paul entrait et salua chacun. Avait-il vu
son ami du consulat ?

— Voulez-vous du café, Paul ? offrit Joseph.

Amalh remplissait les tasses après avoir servi le
dessert.

— Non, merci.

— Amahl, envoyez Fatima dire à ma fille que
nous l'attendons, commanda Constantina.

Susan se rendit compte qu'elle ne pourrait pas
parler à Paul en particulier, comme elle l'aurait
souhaité. Mais avait-il seulement eu le temps de
découvrir quelque chose en trois heures, depuis
qu'il l'avait ramenée au palais ?

Elle fit mine de s'intéreser à la conversation de
Joseph et de Paul. Ils discutaient avec animation
de la prochaine élection présidentielle aux Etats-
Unis. Constantina s'ennuyait ostensiblement.

Sophia arriva, vêtue de manière provocante.
Joseph leva les yeux brusquement, parut sur le
point de faire des remontrances à la jeune fille, puis,
délibérément, détourna la tête.

— Susan, voulez-vous me servir ? demanda-t-il
en tendant sa tasse à café.

Sophia, sa mère et Paul partirent pour leur soirée.

Paul semblait gêné en leur compagnie, Susan
l'avait remarqué avec un tendre amusement. Cette
soirée mondaine était pour lui un épisode docu-
mentaire qu'il garderait dans sa mémoire de roman-
cier. Il aurait sans doute préféré demeurer là, avec
elle et Joseph Menderez.

— Susan, avez-vous rencontré cette jeune fille que Kemal voit si souvent ? demanda Joseph.

Ils venaient d'entendre partir la Bentley. Menderez souriait à la consternation de Susan.

— Nous n'ignorons pas l'existence de cette jeune fille, dit-il. Kemal a passé dix jours en Asie avec elle. Il est constamment en ville en sa compagnie. Des gens nous l'on dit. Je m'inquiète de l'avenir de Kemal. Je voudrais tant qu'il reprenne ses études. Tout son avenir en dépend.

Il se pencha en avant.

— Parlez-moi d'elle.

— Elle est jolie, intelligente, très indépendante.

Susan hésitait. Etait-elle. déloyale envers Kemal ? Non. Joseph tentait de combler le vide qui grandissait entre eux. Peut-être pouvait-elle l'aider.

— Elle dit ce qu'elle pense, elle a de la volonté. Comme beaucoup de jeunes qui viennent à Istanbul, elle cherche des réponses à bien des questions, continua Susan sobrement. Elle pense un peu à reprendre ses études.

Cela surprit son interlocuteur.

— Iris évalue fort bien la distance qui la sépare d'un palais à Istanbul, reprit-elle, mais elle serait très heureuse de vous rencontrer.

Les yeux de Joseph regardaient Susan en face, pensifs, critiques.

— Je vais dire à Kemal de l'amener dîner ici un soir prochain, décida-t-il.

Il s'adossa au canapé, apparemment heureux de sa trouvaille.

Amahl entra sans faire plus de bruit qu'un chat, pour s'informer, en turc, de leurs désirs pour la suite du dîner.

— Voulez-vous un autre dessert ? demanda Joseph. Ou encore du café ?

— Non, merci !

Susan se tourna vers Amahl pour lui faire un petit sourire, mais le sourire se figea sur ses lèvres. Pourquoi fixait-il sur elle ce regard étrange ? Chargé d'une haine si intense ? Mais les yeux du serviteur perdirent rapidement toute expression et elle se demanda si elle n'avait pas trop d'imagination. Elle fut pourtant soulagée quand il s'en alla.

Joseph se mit à parler de ses restaurants préférés, à Washington, tandis qu'ils finissaient leur café. Il prenait plaisir à ce moment paisible auprès de la jeune fille.

— Et vous n'avez jamais trouvé le temps de revenir à Washington ? demanda-t-elle gentiment.

Soudain, Joseph parut fatigué. Plus vieux que son âge.

— Je ne suis jamais retourné là-bas, non, admit-il. D'abord, j'étais retenu ici par les services diplomatiques ; ensuite, j'ai repris l'affaire de mon père. Mais je n'ai jamais oublié les années que j'ai passées à Washington. Elles resteront à jamais dans mon cœur.

Il se faisait tard, et sachant que les médecins ordonnaient à Joseph de se coucher tôt, Susan lui dit bonsoir.

— Bonne nuit, Susan, dit-il avec douceur. Dormez bien.

La jeune fille sortit de la pièce, gênée, consciente du regard qui la suivait et de son expression. Mais il n'y avait rien de coupable dans l'affection que Joseph Menderez lui portait, se dit-elle. Joseph était un homme loyal, honnête, chaleureux.

En suivant la galerie pour gagner l'escalier, enveloppée dans le silence nocturne du palais, tout à coup, Susan se mit à trembler. De temps à autre, malgré elle, le souvenir du poignard sifflant au-dessus d'elle en ce bel après-midi de mai, sapait le sang-froid qu'elle s'efforçait de conserver.

Elle ne pouvait s'empêcher de penser aux poignards anciens qu'elle avait vus exposés dans une pièce, tout près, sur sa droite, la précieuse collection d'armes blanches de Menderez. Pour elle, tous ces poignards se ressemblaient.

Elle passa résolument devant la porte de cette pièce qui dissimulait la collection de son patron. Son cœur battait. En esprit, elle ne cessait de voir la poignée de l'arme dont la lame mortelle s'était fichée dans le tronc mince de ce pin, quelques heures plus tôt.

A quelques pas de la porte, elle s'arrêta, momentanément indécise. Son regard parcourut toute la longueur de la galerie. Amahl n'était pas revenu chercher la table roulante et les tasses. Les autres domestiques avaient regagné leurs quartiers pour la nuit.

Luttant contre son sentiment de culpabilité, Susan revint en arrière. Elle tendit une main vers la poignée de la porte et la tourna. La porte était fermée à clé.

Pendant un instant d'effarement, elle resta figée sur place, la main sur la poignée, le temps d'assimiler ce fait inattendu. La porte était fermée à clé... Etait-ce parce qu'un des poignards avait disparu ?

CHAPITRE IX

Selon le désir de Joseph, le lendemain matin, ils travaillèrent dans le jardin. La jeune fille sentait l'homme nerveux, tandis qu'il dictait, se levant régulièrement pour marcher de long en large. Cette agitation formait un tel contraste avec l'atmosphère calme, l'air tiède et parfumé...

Il s'arrêta tout à coup.

— Relisez-moi le dernier paragraphe, Susan. Quelque chose me chiffonne.

Susan s'exécuta, puis attendit pendant que Joseph décidait des modifications.

— Je sais bien que ceci n'est qu'un premier jet, dit-il avec confusion, mais je veux être absolument sincère dans tous les détails.

Ils travaillèrent jusqu'à ce que Susan eût des crampes dans la main droite. Les muscles de son dos lui faisaient mal. Mais l'œuvre avançait. Joseph souhaitait en écrire le plus possible. Il parut stupéfait quand Melâhat vint lui demander ses ordres pour le déjeuner.

— Susan, vous devez être exténuée ! s'exclamat-il, consterné. Je ne me rendais pas compte du temps que nous avions passé à travailler.

Il répondit à la jeune servante, en lui demandant d'apporter le repas au jardin.

Ils se reposèrent en l'attendant. Joseph était d'excellente humeur parce que tout avait bien marché ce matin.

— Vous êtes libre cet après-midi, dit-il à Susan. Recopiez vos notes ce soir ou demain matin. Pourquoi ne demanderiez-vous pas à Nicholas de vous conduire au Grand Bazar, où vous pourriez flâner à loisir ? C'est un endroit fascinant. Ou, mieux encore : téléphonez à Paul et demandez-lui de vous servir de guide.

Susan rougit.

— Je ne peux pas faire ça ! protesta-t-elle d'un ton de reproche.

— Pourquoi pas ?

Il la taquinait gentiment, une étincelle dans les yeux. Il était curieux de connaître la profondeur de ses sentiments envers Paul.

— Il n'est rien qu'un Américain aime davantage que faire visiter un pays étranger qu'il aime à l'un de ses compatriotes, ajouta-t-il en souriant.

— Mais Paul a son travail !

— Paul a les horaires les plus souples qui soient, dit Joseph. Pendant que nous attendons le déjeuner, allez lui téléphoner de la maison.

Il prit le bloc de Susan et inscrivit un numéro de téléphone à la première page.

— Si vous obtenez un faux numéro au premier essai, recommencez sans vous impatienter, recommanda-t-il. Nous avons quelques problèmes avec le téléphone ici.

S'efforçant de prendre l'air naturel, Susan rentra dans le palais.

Elle obtint l'hôtel de Paul à sa première tentative et attendit que l'appel fût transmis dans la chambre du jeune homme. Pourvu qu'il fût là...

« — Allô... ! »

Une voix nette et claire. L'accent américain. Paul.

« — Vous ai-je réveillé ? » demanda Susan, se rappelant un peu tard la réception de la veille.

« — Vous vous moquez de moi ! dit Paul en riant. Je suis debout depuis des heures. J'ai lâché la réception vers deux heures quand Sophia et ce play-boy international qu'elle a trouvé je ne sais où m'ont offert de me déposer chez moi en partant pour d'autres réjouissances. Constantina avait organisé son retour au palais de son côté ; de sorte que ma mission était accomplie. »

« — Avez-vous vu votre ami du consulat ? »

La voix de Susan était un peu étranglée.

« — Je l'ai vu, dit Paul, mais peut-être vaudrait-il mieux ne pas parler de ça au téléphone. »

« — Je n'ai rien à faire cet après-midi : je pourrais... »

Paul l'interrompit.

« — A quelle heure puis-je venir vous chercher ? »

Il hésita soudain.

« — Ma voiture ne tourne pas très rond ; elle est au garage, mais je peux prendre un taxi... »

« — Non : Nicholas me conduira en ville. »

Tout marchait à souhait.

« — Voulez-vous que je passe vous prendre à votre hôtel ? »

« — Plutôt au café de l'autre côté de la rue. Le hall de mon hôtel n'est pas la place d'une jeune fille, dit Paul en riant. Quelle heure ? »

« — Deux heures et demie ? »

Cela lui laissait une heure pour déjeuner.

« — Très bien. A deux heures et demie au café. A tout à l'heure. »

Le ton de sa voix indiquait qu'il était aussi content qu'elle à la perspective de la rencontre.

Susan regagna le jardin. Melâhat y apportait la table roulante avec le déjeuner. Elle sourit timidement à la jeune fille, indiquant par gestes qu'elle trouvait très joli son tailleur-pantalon bleu. Susan lui rendit son sourire et s'assit en face de Joseph qui posa le *Times* pour s'occuper d'elle.

Plus tard, Menderez accompagna la jeune fille dans la cour, devant le palais, pour y attendre Nicholas et la Bentley. Il consulta sa montre.

— S'il y avait une petite tache sur la voiture, expliqua-t-il, Nicholas la laverait entièrement sans attendre une seconde.

Il riait.

— Nous étions comme cela, ma mère et moi lorsque nous avons acheté notre dernière voiture, dit Susan, évoquant ce souvenir avec nostalgie. Il y a trois ans de cela... presque... Je venais d'avoir dix-huit ans.

Cette semaine, elle en aurait vingt et un, et sa mère ne serait pas là pour célébrer l'anniversaire avec elle.

— Quand vous vous serez familiarisée avec la ville, vous pourrez prendre la voiture de votre choix, dit Joseph. Sauf la Mercedes, ajouta-t-il avec ironie. C'est celle de Sophia.

Il regarda fixement un taxi qui remontait l'avenue.

— Ah ! dit-il. Voilà l'homme avec qui j'ai rendez-vous.

La voiture déposa son passager devant eux. Menderez l'accueillit en un français rapide que Susan réussit tout juste à comprendre.

— Susan, dit Menderez, revenant sans aucune peine à l'anglais, je vous présente monsieur Aumont. Louis, ma secrétaire américaine, Susan Roberts.

— Enchanté, mademoiselle.

L'anglais de M. Aumont était impeccable.

— Je connais Louis depuis bien avant votre naissance, dit Joseph à Susan.

— Cela fait un bon nombre d'années en effet, répondit l'autre, hochant la tête avec emphase. D'ailleurs, c'est bien parce que c'est lui que je viens en avion de Genève.

— Où retrouverez-vous Paul ? demanda Joseph, avec une pointe d'irritation.

— En face de son hôtel, riposta Susan.

L'attitude soudaine de Menderez la mettait mal à l'aise.

— Voilà la Bentley. Je vais dire à Nicholas où vous conduire.

Il devenait cérémonieux tout à coup.

— Comme vous le savez, Louis, l'homme ne sait pas l'anglais. Je vous en prie, excusez-nous.

Joseph escorta Susan jusqu'à la voiture et donna ses instructions au chauffeur. Le terrible Nicholas regardait son maître avec une véritable adoration.

La Bentley rencontra peu de circulation en descendant la côte, mais Nicholas jura en turc quand il arriva dans les rues étroites et qu'il dut utiliser la pédale du frein plus souvent que l'accélérateur.

Susan, comme toujours, était passionnée par le spectacle de la rue. Les porteurs, les camelots, les petits garçons qui couraient avec des plateaux de thé ou de café... Des panneaux d'affichage invitaient les Turcs à placer leur argent dans les banques... Les arrêts des autobus étaient abrités par des auvents de la pluie et du soleil.

Il s'engagea alors dans une rue moins encom-

brée qui parut vaguement familière à Susan. Oui,
elle était passée par là en reconduisant Iris et Paul
à leurs hôtels respectifs avec Kemal. Elle regarda
sa montre ; ils avaient fait le trajet plus vite que
prévu et elle était en avance.

Nicholas s'arrêta contre le trottoir. Derrière eux,
une voiture freina pour s'arrêter à quelques centimètres. Le chauffeur descendit péniblement de son
siège pour venir ouvrir la portière de sa passagère,
en lui adressant un large sourire et un petit salut,
indiquant que sa mission était achevée.

Susan s'approcha du café et regarda à l'intérieur.
Plusieurs personnes, debout, consommaient devant
un comptoir, mais des tables étaient dressées dans
une petite salle. Soudain, elle manqua de courage
pour affronter le langage inconnu : même demander
une tasse de café représentait un effort.

Se détournant du restaurant, elle s'avança vers le
bord du trottoir ; elle allait traverser la rue et attendre Paul devant l'hôtel et elle ne pourrait pas le
manquer.

Une vieille voiture rouge descendait la rue : elle
attendit qu'elle fût passée. Un cireur de chaussures
au sourire engageant vint lui parler, très vite, en
turc : elle secoua négativement la tête. Il courut
après un autre client éventuel.

La jeune fille descendit dans la rue et resta pétrifiée : la voiture rouge, manœuvrant dangereusement,
avait réussi un demi-tour en épingle à cheveux et
elle roulait vers elle dans la rue étroite. Précipitamment, elle remonta sur le trottoir, hypnotisée par la
vieille guimbarde qui s'avançait droit vers elle. Que
faisait donc son conducteur ?

A quelques pas, une femme hurla de peur. Susan
recula encore, avec une rapidité née de sa terreur,
comme la voiture montait sur le trottoir. Elle passa

tellement près de la jeune fille que son sac à main
lui fut arraché des mains et tomba sur le sol : seule
la porte du café lui avait permis de ne pas être
écrasée.

— Susan !

Paul l'appelait de l'autre côté de la rue. Il sortait en courant de son hôtel ; un attroupement se
formait déjà et il comprenait qu'il s'était passé quelque chose.

— Restez là ! commanda-t-il.

Instinctivement, elle voulait aller à lui, mais fut
repoussée à l'intérieur du restaurant par des curieux
pleins de sollicitude, dont aucun ne parlait anglais.

Paul se fraya un chemin dans la foule, passa un
bras autour de la taille de Susan, et pénétra avec
elle dans le café. Quelques clients avaient quitté
leurs tables pour avoir l'explication de tout ce bruit.

— Susan, qu'est-il arrivé ?

Il la fit asseoir à une table de la petite salle.

— Je suis arrivée trop tôt, dit-elle, haletante.
J'ai voulu vous attendre devant votre hôtel... et cette
voiture qui devait nous suivre a fait un demi-tour
sur place et a essayé de m'écraser. Elle est montée
sur le trottoir !

— Encore ! dit Paul. Encore une fois, et ce n'est
pas un accident. Restez là, Susan, je vais vous chercher du café.

Sa voix s'adoucissait.

— Du café américain ! ajouta-t-il, essayant de
prendre le ton de la plaisanterie. C'est la spécialité
de la maison.

Susan s'adossa à sa chaise, luttant pour maîtriser son affolement. Pourquoi n'avait-elle pas
regardé le conducteur au lieu de fixer stupidement
le capot de cette voiture ? Elle avait perdu l'occasion
d'identifier celui qui voulait la tuer. A moins, comme

disait Paul, qu'il ne s'agît d'un « contrat », et que l'homme soit simplement payé pour la tuer...

Paul apporta deux tasses de café sur la table.

— Susan, permettez-moi de sortir un instant, juste le temps de poser quelques questions. D'accord ?

Il la regardait avec anxiété.

— Bien sûr.

Elle réussit à lui adresser une ombre de sourire.

— Allez-y, mais revenez avant que votre café ne soit froid.

Elle se mit à boire lentement le chaud liquide noir, repassant en esprit les secondes effrayantes qu'elle venait de vivre. Pour qui donc représentait-elle un danger ?

Moins de cinq minutes plus tard, Paul vint la rejoindre.

— Rien, dit-il.

Irrité par cet échec, il s'assit à côté d'elle.

— Ma connaissance du turc se limite à la composition d'un menu ou la direction à suivre, et autres détails minimes. Tout ce que j'ai pu savoir est que le chauffeur était un homme jeune pourvu d'une énorme moustache, ou un homme âgé portant la barbe. Ils ont l'air de croire que le conducteur a perdu le contrôle de sa voiture et qu'il s'est affolé.

— Vous ne croyez pas ça !

— Non.

Paul prit sa tasse de café.

— Peut-être pourrais-je revenir plus tard avec Kemal pour interroger les gens du voisinage et tenter d'obtenir quelque chose d'un peu plus précis.

— Avez-vous parlé à Dick Spencer ?

— Oui. Il va faire relever les empreintes sur le poignard.

Devrait-elle lui parler de cette porte fermée à clé au palais ?

— Dick étudie aussi l'affaire sous d'autres angles, dit Paul avec un geste vague. Mais ce n'est pas officiel du tout. Alors, soyez gentille de n'en parler à personne. Pas même à Kemal.

— Je ne dirai rien, promit Susan gravement.

— Je ne pense pas qu'il y ait une enquête de police sur ce qui vient de se produire. Ils penseront qu'une voiture a dérapé, et comme il n'y a pas de blessés, ils n'en chercheront pas davantage.

Il réfléchit un moment.

— Que vous rappelez-vous de la voiture, Susan ?

— C'était une vieille automobile rouge, de marque française. Datant de douze ou quinze ans, je pense. Rouge. Le capot était tout cabossé.

Elle frissonna.

— Elle doit avoir une longue série de hauts faits de ce genre à son actif !

— Je voudrais bien mettre la main sur Kemal, et vite, pour que nous puissions poser des questions.

Paul soupira, déçu par son incapacité à se renseigner lui-même.

— L'avez-vous vu aujourd'hui ?

— Non. J'ai vu sa voiture partir de bonne heure. Je suppose qu'il était au volant.

— Essayons quelques-uns de ses repaires préférés. Je voudrais l'amener ici pendant que l'épisode est récent ; quelqu'un se souviendra peut-être de quelque chose.

— Et Dick Spencer ? Ne peut-il rien faire ?

Si seulement elle avait regardé le numéro minéralogique de la voiture !

— Nous n'avons aucun indice à lui fournir.

— Paul, dit Susan, il y a autre chose.

Ce n'était pas le moment de dissimuler quoi que ce fût.

— Vous vous rappelez cette pièce, au palais, où est exposée cette collection d'armes anciennes ? Ce poignard qui m'a été jeté est ancien, n'est-ce pas ?

— Oui, admit Paul. Mais cela ne signifie pas obligatoirement que...

— Paul, interrompit Susan, j'ai voulu entrer dans cette pièce hier soir pour voir si un poignard manquait à la collection. La porte était fermée à clé.

Paul fronça les sourcils.

— Elle ne l'était pas quand Menderez nous y a conduits ; nous sommes entrés directement.

— Je m'en souviens. Eh bien, maintenant, elle est fermée à clé.

Susan jeta sur Paul un regard troublé.

— La serrure peut s'être coincée...

Paul s'efforçait de trouver une explication rassurante.

— Ou bien il y a eu des cambriolages dans la région et Menderez a fait boucler la porte par précaution. Cette collection a beaucoup de valeur. Je ne vois vraiment pas un habitant du palais volant là un poignard pour l'utiliser contre vous !

— Quelqu'un dépourvu d'imagination pourrait faire cela, insista Susan. Un des serviteurs... ?

— Un domestique agissant sur ordre ?

Le visage de Paul se crispa.

— Sur ordre de *qui* ?

— Juste avant que je ne parte, dit Susan, monsieur Menderez a reçu un visiteur. Cela n'a certainement aucun rapport avec cette histoire, admit-elle avec un sourire confus, mais j'essaye de rassembler toutes les bribes d'information. Cet homme a dit qu'il arrivait de Genève par avion pour une affaire.

— Vous rappelez-vous son nom ?

— Aumont. Louis Aumont. Il connaît monsieur Menderez depuis plus de vingt ans.

— Je me renseignerai sur lui, dit Paul. Maintenant, Susan, finissez votre café ; nous allons nous mettre à la recherche de Kemal.

*
**

Pendant près de deux heures, ils allèrent de café en restaurant pour tenter de trouver Kemal. Deux fois, ils rencontrèrent des étudiants qui l'avaient vu un peu plus tôt. Ils s'empressèrent de citer des endroits où il pourrait se trouver. Paul finit par le dénicher, mangeant une pizza turque avec Iris.

— Ne restes-tu jamais au même endroit ? demanda Paul à son ami en s'asseyant à sa table avec Susan.

— Iris écrit des poèmes, répondit Kemal avec bonne humeur. Nous allons de tous les côtés pour collectionner des impressions.

Il se tourna vers Susan.

— Il fait chaud, avez-vous soif ?

— Oui, admit la jeune fille.

— Paul, dit Kémal, va commander des *cilek* : on les bat dans les verres tout exprès pour vous.

Il tendit la main vers son propre verre.

— Des fraises, expliqua Iris. Il oublie que tout le monde ne parle pas toutes les langues.

— J'ai besoin d'aide en ce domaine, dit Paul.

Il raconta ce qui s'était passé avec la voiture. Iris et Kemal écoutaient avec effarement.

— Ce chauffeur était fou ! s'exclama Iris.

— Ou résolu à tuer, rectifia Paul. Je ne crois pas un instant qu'il ait perdu le contrôle de sa voiture.

— Mais... pourquoi voudrait-on tuer Susan ? demanda Iris.

Son regard interrogateur allait de Kemal à Paul.

— Ce n'est pas la première tentative, dit Paul. Hier, Susan et moi sommes allés à Camlica. Quelqu'un a lancé un poignard sur elle.

— Un poignard ?

Kemal fronçait les sourcils.

— Tu n'as pas pu attraper le coupable ?

— Il a disparu dans les bois. Je ne l'ai même pas vu. Tout cela fait partie d'un plan, Kemal. Tu te rappelles cet enfant devant le Bazar ?

— Que vas-tu faire ? demanda Kemal.

— Je voudrais retourner avec toi à ce café et poser des questions ; quand ils se mettent à parler à toute vitesse, je ne comprends plus un traître mot.

Kemal hésita un instant.

— Mon père serait dans tous ses états s'il savait...

— Kemal, au point où nous en sommes, il faudrait qu'il soit averti, dit Paul.

— Son médecin insiste pour que nous lui évitions toute anxiété, rappela Kemal.

Il eut un sourire sarcastique.

— Je ne sais pas d'ailleurs si nous réussissons vraiment.

— Ne lui dites rien, dit vivement Susan. Que pourrait-il faire, de toute façon ?

— Il pourrait vous mettre hors de danger en vous renvoyant chez vous.

— Qui nous dit que le départ de Susan interromprait les tentatives, observa Paul. Nous ne le saurons que lorsque nous aurons l'explication de ces attentats.

— Qu'allez-vous faire, Paul ? demanda Iris.

Ses yeux étaient assombris par l'anxiété.

— Il faut que nous fassions une enquête nous-mêmes, dit le jeune homme. La police ne s'occupera même pas de la voiture : les policiers hausseront les épaules en marmonnant je ne sais quoi contre « ces voitures étrangères ». Quant au poignard, ils l'examineront vaguement et classeront leur rapport dans un fichier.

— Ce poignard ? demanda Kemal. Où est-il ?

Paul hésita et répondit prudemment :

— Je l'ai confié à quelqu'un qui va le faire tester pour les empreintes. Mais je crains que cela ne nous mène pas à grand-chose.

— Qu'allez-vous faire ? réitéra Iris.

— Nous allons retourner dans mon quartier et nous poserons des questions, déclara Paul.

Paul et Kemal installèrent Susan et Iris devant un thé dans le café, puis ils ressortirent.

— Vous devriez rentrer aux Etats-Unis, dit Iris brusquement. Mais vous ne le ferez pas.

— Non, avoua Susan.

— Paul veut que vous restiez, continua Iris. Cela se lit dans ses yeux. Peut-être pourriez-vous repartir tous les deux ?

— Pourquoi ? Personne n'en veut à la vie de Paul.

Susan entreprit d'expliquer à Iris qu'elle lui donnait beaucoup trop d'importance dans la vie de Paul ; ils se connaissaient depuis moins d'une semaine !

— Il a encore des recherches à faire pour son livre. Et puis, je suis entêtée. Je veux rester ici et découvrir qui veut me tuer, et pourquoi.

En parlant, elle avait l'impression de rêver. Savoir qu'il y avait au monde une personne décidée à la tuer ! C'était invraisemblable.

— Susan, comment est le père de Kemal ? demanda Iris avec curiosité. J'ai vu Sophia, j'ima-

gine facilement sa mère, mais son père ? Comment
est-il ? Je suis au courant de ses succès dans l'industrie, mais quel est l'homme véritable ?

— Je l'aime énormément, dit Susan. Il est intelligent et chaleureux.

Elle chercha les termes exacts.

— Il a beaucoup de courage et de volonté.
Vous savez par Kemal qu'il court des risques en
écrivant ses mémoires, mais cela ne l'arrête pas.
Il aime profondément son pays, ce qui s'y passe le
préoccupe.

— Pourquoi Kemal a-t-il tellement peur de
m'amener chez lui, alors ? demanda Iris.

— Ne vous tuez pas à chercher une raison,
répondit sèchement Susan.

— Je crois que je sais pourquoi, au fond :
je suis à l'image de ces *jeunes,* qu'il juge si sévèrement. Je m'habille comme je veux et je parle
comme il me plaît. Je ne suis pas les règles édictées
par les gens d'autrefois.

Elle croisait et décroisait ses mains.

— J'aime Kemal, dit Iris, mais que puis-je faire ?
Je n'ai presque plus d'argent et je serai bientôt
obligée de regagner Londres, en tout cas à la fin
de l'été. Je chercherai du travail. Mes parents travaillent tous les deux, ils essayent de s'en tirer ;
ils me permettent de vivre avec eux sans rien payer
de sorte que je peux mettre de l'argent de côté.
C'est comme cela que j'ai pu venir ici. Je peux
retourner chez mes parents, surtout si je reprends
mes études ; mon père n'a qu'un désir, c'est qu'un
de ses enfants ait de l'instruction.

La jeune fille leva les yeux vers Susan.

— Je crois que je pourrais obtenir de Kemal
qu'il retourne à l'université à la rentrée, dit-elle.

Son père serait-il plus indulgent avec lui dans ce cas ?

— J'en suis certaine.

Susan pesait le pour et le contre.

— Il sait que Kemal rencontre quelqu'un régulièrement, dit-elle enfin. Ne vous étonnez pas si vous recevez une invitation à dîner. Mais surtout ne racontez pas cela à Kemal.

Iris eut un sourire éclatant. Soudain, elle avait l'air très jeune et très vulnérable.

— Eh bien, qui sait ? J'y arriverai peut-être ! dit-elle.

Susan leva soudain la tête pour regarder la salle.

— Les voilà, dit-elle.

Kemal et Paul arrivaient, avec des tasses de thé pour justifier leur présence dans le « salon ».

— Alors ? demanda Iris.

— Nous n'avons obtenu aucun résultat, dit Paul, visiblement déçu. Kemal a posé une foule de questions, mais personne n'a pris le numéro de la voiture et personne n'a été d'accord sur le signalement du conducteur.

— Tout ce que nous pouvons faire est chercher une voiture rouge, vieille de quinze ans, avec un capot cabossé, dit Kemal avec une grimace. Mais dans une ville comme celle-ci, nous n'avons guère de chance de la découvrir.

CHAPITRE X

Les quatre jeunes gens déambulèrent dans la rue étroite et populeuse. Paul vit qu'on donnait dans un cinéma un film anglais qu'il désirait voir.

— Entrons, conseilla-t-il. Cela nous changera les idées.

— Attention que ce ne soit pas doublé en turc, recommanda Iris.

— Non, c'est en version originale, dit Susan, regardant l'affiche.

Iris regarda sa montre.

— Encore quarante minutes avant la prochaine séance. Prenons nos billets et marchons jusqu'au marché aux fleurs. Les Turcs ont un grand respect pour les fleurs. Savez-vous que les célèbres tulipes de Hollande sont venues de Turquie, vers le quinzième siècle ?

— Où qu'on aille à Istanbul, on voit des fleurs, acquiesça Susan.

Quand les hommes revinrent avec les billets, Paul rejoignit Susan tandis que Kemal et Iris les suivaient. Susan faisait beaucoup d'efforts pour se mettre à l'unisson de l'entrain général, mais c'était difficile. Elle remarqua le regard très grave de Paul et sentait son inquiétude rien qu'à sa manière de lui prendre le bras.

— Oh ! attendez, dit soudain Kemal en riant.

Kemal entra dans une boutique qui vendait des fruits et, après une grave discussion avec le vendeur, il rejoignit ses amis et leur distribua des noix et des loukoums.

— Vous autres, Turcs, vous ne pouvez pas faire cinquante pas sans manger, observa Iris gaiement. Et que veux-tu faire de ces abricots secs que tu caches si soigneusement ?

— C'est pour ma tante, expliqua Kemal en glissant le paquet dans une poche. Elle a deux passions : les abricots secs et le cinéma. Quand nous étions petits, Sophia et moi, elle nous apportait toujours des abricots secs. Mais maintenant, je suis seul à me donner la peine de lui en acheter : Sophia et ma mère sont trop snobs pour entrer chez un marchand de fruits.

D'un geste, il désigna une petite mosquée à droite.

— Regardez, dit-il. Le minaret n'a pas de haut-parleur. Cinq fois par jour, le *muezzin* est obligé de grimper là-haut et d'appeler les gens à la prière sans aide mécanique.

Ils tournèrent, sous la direction du jeune homme, juste avant la place Galatasaray pour passer par le « Couloir des Fleurs ». Ils durent se frayer un chemin dans la foule compacte et Susan sursauta, effrayée, quand un jeune garçon s'élança pour leur offrir des cigarettes américaines au prix du marché noir. Elle devina la même réaction chez Paul qui, lui aussi, savait que la mort peut rôder sous d'étranges déguisements. Il entoura la jeune fille d'un bras protecteur.

— Il y a des restaurants célèbres dans le *pasaji*,
dit Kemal.

Des gens mangeaient, sur le trottoir, assis autour
de barils surmontés d'une dalle de marbre, dégus-
tant des moules et buvant de la bière.

Ils s'attardèrent peu dans le marché aux fleurs,
s'arrêtant seulement devant une porte qui conduisait à une petite place où se dressait la grande
église arménienne.

Un peu plus tard, Susan fit de grands efforts
pour se concentrer sur le film. Dans l'ombre, la
main de Paul vint prendre la sienne et la serra avec
une rassurante fermeté. Il comprenait qu'elle était
bouleversée. Comment aurait-elle pu ne pas l'être ?

Quand ils sortirent du cinéma, Kemal parla
d'autres projets pour le reste de la journée ; lui aussi
cherchait à distraire la jeune fille de ses angoissantes
pensées. Susan lui demanda s'ils pouvaient réellement ne pas rentrer au palais pour dîner.

— Je vais téléphoner, dit Kemal.

— Je voudrais aussi donner un coup de téléphone, dit Paul en jetant un regard à Susan que
celle-ci comprit facilement ; il allait appeler Dick
Spencer.

Les jeunes gens allèrent téléphoner dans un restaurant tandis que Susan et Iris les attendaient sur
le trottoir.

— Ecoutez, dit Iris, si vous préférez vous écarter
du palais, il y a toujours des chambres libres dans
mon hôtel et il est incroyablement bon marché.

Ses grands yeux bleus étaient pleins de gravité.

— Je ne veux pas quitter le palais, répondit
doucement Susan, mais je vous remercie d'avoir
songé à cela.

Pourquoi logerait-elle ailleurs que chez Menderez ? Tout ce qui lui était arrivé s'était produit

en dehors du palais, à part la chute de l'amphore, et là, il pouvait s'agir d'un accident.

— A votre place, dit Iris, j'éviterais tous les gens que je connais, je me cacherais, et je prendrais le premier avion pour l'Amérique.

— Je ne me sauverai pas ! répliqua Susan.

Ses yeux brillaient d'une lueur de défi, bien qu'un instant plus tôt, la peur eût frémi en elle.

— Et ne vous affolez pas tant que ça ! Cette voiture ne m'a pas touchée.

Non, mais la courroie de son sac à main avait été arrachée par la poignée de la portière..

Paul et Kemal vinrent les rejoindre. Susan chercha sur le visage de Paul un signe d'optimisme ; il avait l'air découragé.

Tous quatre discutèrent de ce qu'ils allaient faire et ils décidèrent de marcher un peu, puis de prendre un autobus jusqu'à Karakoï d'où ils pourraient traverser à pied le pont de Galata.

— La vue du pont de Galata sur la Corne d'or ! dit Paul, les yeux brillants. Susie, vous garderez ce souvenir tout le reste de votre vie.

Il se mordit la langue, furieux des mots qu'il venait de prononcer alors que quelqu'un voulait attenter à la vie de la jeune fille.

— Avez-vous parlé à Dick Spencer ? lui demanda Susan pendant qu'Iris et Kemal échangeaient leurs impressions sur le film.

— J'ai tenté de le trouver à son hôtel, et au consulat : il n'était nulle part. J'essaierai de nouveau plus tard.

Paul soupira.

— Je voudrais pouvoir lui fournir des indices.

— En tout cas, je ne partirai pas ! déclara Susan.

Elle fut réconfortée par la chaleur du sourire que lui adressa Paul.

Kemal les entraîna vers la partie basse d'Istiklal ; il était ravi de leur montrer des endroits intéressants et imprévus, une drôle de petite place ancienne cachée dans un groupe de boutiques de tailleurs grecs, une chapelle espagnole à laquelle on accédait en descendant quelques marches, une basilique italienne.

Il les emmena voir un monastère de derviches tourneurs jadis, maintenant transformé en musée.

— Les derviches ont été interdits à l'avènement de la république, dit Paul, se souvenant de ses recherches. A présent, ils pratiquent une fois par an seulement, en décembre.

Après le monastère, ils s'arrêtèrent dans des librairies antiques, puis firent halte pour contempler la tour de Galata.

— Elle a été construite pour le guet par les Génois en 1347, dit Paul.

— Maintenant, ils ont un restaurant tout en haut, plus un snack-bar et un café, ajouta Iris en riant. Malheureusement, mes enfants, notre budget ne nous permet pas de dîner là, pas même Kemal ! dit-elle affectueusement.

Kemal fit une grimace.

— J'avais une pension généreuse pendant que j'étais à l'université. Maintenant, je suis réduit à la portion congrue.

— C'est trop bête que nous ne puissions pas prendre le *Tunnel*, observa Paul. C'est passionnant pour tous les Américains.

— Le *Tunnel* ne fonctionne pa sen ce moment, répondit Kemal.

Il rit de l'expression ahurie de Susan.

— C'est notre métro, expliqua-t-il. Il a deux

stations. Cela ne ressemble guère à celui de Londres.
Il est fermé depuis des mois pour cause de moder-
nisation.

— Faisons des folies et prenons un taxi, conseilla
Paul. Dans une heure, il faut que je sois chez moi
pour travailler. Demain, je passerai la journée à la
bibliothèque anglaise. Je vous téléphonerai demain
soir, annonça-t-il à Susan.

Le taxi les laissa au pont de Galata où ils demeurèrent un moment, captivés par l'animation ambiante,
la foule des marchands ambulants, la série inin-
terrompue de cafés, de restaurants et de boutiques.
Près de là, des navires de toutes tailles et de
toutes nations se balançaient sur leurs ancres.

— Savez-vous que le jeu de bridge tire son nom
de ce pont ? demanda Paul.

— Comment cela ? demanda Susan.

— Il y a des années, quand Istanbul était Constantinople, dit-on, il y avait ici deux familles anglai-
ses qui habitaient de chaque côté du pont. Ces
gens aimaient se retrouver chaque soir pour jouer
aux cartes, mais ils ne se souciaient pas de traverser
le pont une fois la nuit tombée ; il y avait toujours
le risque de se faire dévaliser, en ce temps-là. De
sorte qu'ils accomplissaient tour à tour cet acte
de courage qu'ils avaient appelé entre eux « faire
le Bridge » [1]. Finalement, le nom est resté au
jeu de cartes préféré des deux familles.

— Vous avez inventé ça, dit Iris en riant.

— Je vous jure que la légende est authentique-
ment turque.

— Traversons le pont, dit Kemal, entraînant ses
amis. La vue qu'on a de là à cette heure est fantastique.

----

(1) Pont, en anglais, se dit *bridge*.

— Etes-vous jamais venus ici à quatre heures du matin ? demanda Iris, quand le pont s'ouvre pour laisser les grands bateaux entrer ou sortir de la Corne d'Or ?

Marcher sur le pont fit rire Susan et Iris un peu nerveusement car le sol paraissait remuer. Kemal expliqua que le pont flottait sur d'énormes pontons et se balançait chaque fois qu'une vague les heurtait.

— N'est-ce pas magnifique ?

Paul passa un bras autour des épaules de Susan ; ils parcoururent le pont, leur regard embrassant la vue panoramique. Le soleil descendait au fond de la Corne d'or, teignant l'eau d'un or resplendissant. Sur une éminence se dressait la plus belle mosquée d'Istanbul.

Au milieu du pont, Kemal et Iris marchant devant eux, Paul s'arrêta pour attirer l'attention de Susan sur un petit bateau de pêche. Un instant plus tard, il la serrait contre lui et se penchait sur son visage. Ses lèvres sur celles de la jeune fille étaient chaudes et ardentes.

Susan s'accrocha à lui, oubliant tout dans ses bras.

— Je voulais attendre, dit Paul tendrement, mais cet instant est tellement parfait.

Susan lui sourit avec sérénité. En cet instant-là, elle découvrait la raison de sa venue à Istanbul. Elle était venue retrouver Paul.

— Oui, murmura-t-elle. Oh ! oui.

Ensemble, ils se retournèrent pour contempler la splendeur rutilante de la Corne d'Or, leurs mains jointes étroitement en un accord fervent. Qu'il était donc merveilleux qu'ils se fussent rencontrés, non pas à Washington ou à New York, mais dans l'antique Constantinople.

— Susan, regardez !

La voix de Kemal les rappela sur terre.

— Les lumières commencent à s'allumer.

Tous quatre se tournèrent vers la rive asiatique, de l'autre côté du Bosphore, où des lueurs scintillaient déjà.

— Il est tard, dit enfin Paul. Repartons.

De retour dans la vieille ville, ils se rendirent au restaurant préféré d'Iris, où l'on pouvait bien dîner à peu de frais. Paul consultait régulièrement sa montre : il avait des remords, devina Susan, de rester si longtemps sans travailler. Kemal, lui aussi, s'agitait. Comme le disait son père, il n'avait pas de but dans la vie et cela commençait à lui peser.

Ils allèrent rechercher la voiture là où le jeune homme l'avait garée. Kemal reconduisit Iris et Paul à leurs hôtels respectifs, puis reprit la direction du palais. Pendant qu'il attendait qu'un taxi débarque ses passagers, il tira de sa poche le paquet d'abricots secs.

— Voilà qui me fera bien voir de ma tante, dit-il en riant. Elle est la seule, au palais, à être contente de m'y voir. Sophia et ma mère me font presque autant de reproches que mon père.

Le taxi repartit et Paul appuya sur l'accélérateur.

— Et vous, Susan ? demanda-t-il. Allez-vous rester ici ?

— Bien sûr ! répliqua-t-elle.

Sans qu'elle le veuille, sa voix prenait un ton de défi.

— Mon père est heureux de vous avoir près de lui, dit Kemal, mais je trouve que vous avez tort de rester.

— Comment savez-vous que ces attentats ne se produiront pas contre moi en Amérique ? demanda Susan. Nous ne savons rien de précis, après tout.

— Rien ne vous est arrivé tant que vous étiez aux Etats-Unis, dit Kemal. Trouvez une excuse à fournir à mon père, racontez-lui n'importe quoi... Mais quittez la Turquie vivante, Susan !

De retour au palais, Susan monta directement dans sa chambre. Avant de fermer sa porte, elle entendit Sophia qui appelait son frère avec colère. Les fenêtres étaient ouvertes car la nuit était agréablement chaude, et Susan entendit Kemal et Sophia se disputer bruyamment. Ils continuèrent pendant tout le temps où elle se déshabilla et se prépara à se coucher. Ils parlaient turc, sans doute pour qu'elle ne les comprenne pas.

Susan s'approcha de la machine à écrire réservée à son usage, prit ses notes et s'assit pour les copier. Le bruit du clavier détonnait dans la nuit paisible, mais elle avait besoin de diriger sa pensée vers des chemins sans danger.

Quand elle eut fini, elle rangea les pages avec son bloc. Enervée, mais se souvenant des recommandations de Paul qui la suppliait de ne pas se montrer sur le balcon, elle éteignit les lumières avant d'en franchir la porte.

Son cœur battit soudain, elle entendait un craquement en bas. Un pied brisait une brindille. Une silhouette s'en allait à travers le jardin. Susan s'avança un peu pour tenter de l'identifier : Constantina, se hâtant vers la route. Comment pouvait-elle être aussi imprudente ?

Susan rentra dans sa chambre et ferma toutes les portes à clé, puis elle tira les rideaux sur l'extérieur ; son cerveau tournait rapidement. Constantina quittait la propriété, Kemal et Sophia avaient regagné leurs chambres. S'il ne dormait pas encore, Joseph Menderez était en train de se coucher. Les

domestiques, se levant tôt, étaient certainement
plongés dans le sommeil.

Susan prit une décision soudaine. Elle alla
prendre dans un placard sa valise à peu près vide
et y chercha une petite torche électrique qu'elle y
conservait. Elle l'essaya au fond du placard : le
rayon lumineux éclairait bien.

Sans doute perdait-elle la tête en voulant rôder
en bas à une heure pareille, mais elle désirait en
avoir le cœur net : manquait-il au mur un poignard
dans la salle aux collections d'armes ? La porte ne
pouvait en rester fermée aussi longtemps...

La torche à la main, elle sortit de sa chambre
et gagna la galerie silencieuse. La gorge serrée de
frayeur, elle alla sans bruit jusqu'à l'escalier : en
haut des marches, elle attendit un instant pour
s'assurer qu'il n'y avait personne en vue au rez-de-
chaussée.

Pourquoi donc avait-elle si peur ? Il n'y avait
personne en bas. « En avant ! se dit-elle. Va te
rendre compte pour le poignard ! Ce serait au moins
quelque chose de précis à dire à Dick Spencer, un
indice constaté de ses yeux.

Elle s'avança rapidement en direction du petit
salon de chasse, mais hésita à tourner dans le
couloir qui l'y conduisait. Elle jeta un regard furtif
vers l'appartement de Joseph Menderez : il n'y
avait pas de lumière sous la porte. Il dormait
sûrement.

Elle s'approcha de la porte et sans bruit, essaya
la poignée. La porte s'ouvrit. Susan, le cœur battant, entra, parcourut du rayon de sa torche les
vitrines des armes blanches, et resta pétrifiée.

On voyait fort bien la forme d'un poignard,
demeuré longtemps sur un capitonnage de velours
cramoisi légèrement fané. Mais le poignard lui-

même n'y était plus. L'arme qu'on lui avait lancé faisait bien partie de cette collection de Joseph Menderez. Le coupable, n'entendant aucun écho de son geste, avait rouvert la porte. Le coupable. Qui cela ? Quelle main avait jeté ce poignard sur elle ?

Rapidement elle sortit de la pièce, referma la porte et s'en fut vers l'escalier, bouleversée par sa découverte ; certes, elle s'y attendait un peu, mais maintenant le soupçon se changeait en certitude. C'était au palais même qu'elle avait un adversaire prêt à tout...

Elle poussa une exclamation étouffée en traversant le hall pour monter l'escalier. Sophia, vêtue d'une magnifique robe d'hôtesse de taffetas rayé se tenait devant elle, la regardant avec une fureur non dissimulée.

— Avez-vous trouvé ce que vous cherchez ? siffla-t-elle.

Susan réussit un sourire tremblant...

— Non, dit-elle en rougissant. Je n'ai pas trouvé le *Times* de Londres dans la bibliothèque.

Evidemment, le journal se trouvait chez M. Menderez.

— N'avez-vous pas essayé la chambre de mon père ?

Les joues de la jeune fille s'empourprèrent et elle se sentit chanceler sous le sens caché de la phrase.

— Je ne voudrais certainement pas le déranger à cette heure ! dit-elle.

— Susan, pourquoi restez-vous ici ? demanda Sophia. Vous êtes si vite tombée amoureuse de l'Américain ? Mais Paul n'aime que son travail ; vous ne tarderez pas à l'ennuyer à pleurer. Pourquoi ne partez-vous pas ?

— Votre sollicitude me touche infiniment, répondit Susan tranquillement. Je vous en prie, ne vous inquiétez pas de mon avenir.

Elle passa devant Sophia ulcérée et monta rapidement l'escalier sans un regard en arrière.

*
* *

Paul entra dans le restaurant de l'hôtel de Dick Spencer. Cherchant du regard les dîneurs attardés, il aperçut Dick qui dégustait un plat turc.

— Je ne t'ai pas attendu, dit ce dernier, sachant que tu avais déjà dîné.

Il fit signe à un serveur qui accourut. Paul commanda un café, puis il attendit impatiemment que le serveur disparût.

— Bon ! déclara Dick avec compassion. Raconte-moi ce qui s'est passé.

Aussi brièvement que possible, à voix basse, bien qu'il n'y eût pas grand risque qu'il fût compris, Paul mit son ami au courant des événements de l'après-midi. Il parla aussi de la porte du salon aux collections d'armes trouvée fermée à clé par Susan.

— Paul, je ne puis que te répéter ce que je t'ai déjà dit, répliqua Dick sérieusement. Susan devrait faire sa valise et filer le plus vite possible.

— Je sais, mais elle est décidée à rester coûte que coûte. Pour plusieurs raisons, ajouta Paul avec remords. Elle est romanesque et entêtée. Elle veut comprendre les choses au lieu de s'enfuir.

Pour lui, il estimait ces qualités admirables, captivantes, mais dangereuses.

— Romanesque et déraisonnable déclara Dick en soupirant. Paul, il faut que je t'avertisse. J'ai reçu un coup de téléphone de Washington cet après-midi. Mon correspondant est arrivé à découvrir quelques détails. Joseph Menderez n'a pas demandé à Washington une bonne secrétaire qualifiée. Il a spécialement réclamé Susan Roberts. Il a demandé qu'on obtienne son consentement.

Paul regarda son ami avec stupeur.

— Qu'est-ce que cela veut bien vouloir dire ? demanda-t-il.

— Cela veut dire, répliqua Dick brutalement, que pour des raisons personnelles, Joseph Menderez voulait que Susan vienne s'installer au palais. Et maintenant, quelqu'un essaye de la tuer.

CHAPITRE XI

Dans son petit salon, Joseph Menderez prenait son premier déjeuner avec un plaisir inhabituel. Il s'aperçut soudain que c'était la première fois, depuis sa maladie, qu'il mangeait avec un appétit véritable. Sa crise cardiaque, malgré l'inquiétude qu'elle avait provoquée, lui avait redonné goût à la vie.

Pendant les semaines qu'il avait passées dans un lit d'hôpital, son cerveau n'était pas demeuré inactif. Il s'était promis d'adopter dans l'avenir un nouveau mode d'existence. Il consacrerait son énergie à ce qui était, pour lui, d'importance primordiale : la rédaction de ses mémoires, car le bien de son pays primait tout. Il parvenait à l'heure où un homme doit régler ses dettes et recevoir ce qui lui est dû.

Amahl entra avec une théière, Joseph aimant avoir du thé à portée de la main pendant qu'il dictait. D'un geste, il invita le serviteur à débarrasser la vaisselle du petit déjeuner et il alla s'asseoir à sa table de travail, éclaboussée de soleil. Il décrocha le téléphone.

Les sourcils froncés d'impatience, Joseph attendit une réponse ; Kasim aurait dû prendre contact avec le syndicat à présent, déjà il aurait dû organiser un rendez-vous. Essayait-il, stupidement, de faire traîner les choses ?

Une voix féminine, veloutée, répondit enfin sur la ligne privée d'Inonu. Joseph chargea la secrétaire de son collaborateur de chercher celui-ci dans l'usine, il y était sûrement. Comme Joseph autrefois, il arrivait toujours très tôt le matin.

Ç'avait été la grosse erreur de sa vie, se disait Joseph en soupirant, de laisser les affaires prendre le pas sur ses autres préoccupations. Il s'était noyé dans les problèmes de production et de distribution. Evidemment, à la mort de son père, à son retour de Washington, il n'avait pas eu le choix : il avait été obligé de prendre la direction de l'usine. Le gouvernement l'y avait encouragé, l'industrie turque ayant besoin d'être développée. Aussi avait-il transformé une affaire modeste en l'une des plus prospères du pays.

Ses doigts tambourinèrent impatiemment sur la table pendant qu'il attendait Kasim. Même s'il n'avait pas découvert cette liaison entre Kasim et sa femme, il était temps de ramener à des dimensions raisonnables les ambitions de l'homme.

Une fois de plus, Joseph soupira. Peut-être était-il en partie responsable de cette histoire entre Constantina et son collaborateur. Il ne s'intéressait pas aux amis de sa femme qui était belle. Aurait-il dû le lui répéter sans cesse ? Elle était belle, mais elle vieillissait. Elle avait peur.

« — Bonjour, Joseph. »

La voix de Kasim exprimait une cordialité prudente.

« — Kasim, qu'avez-vous fait au sujet de cette rencontre avec le syndicat ? demanda Menderez avec vivacité. Est-ce organisé ? »

« — Je réunis les papiers nécessaires avant de

fixer le rendez-vous », répondit l'autre avec flegme.
« Il faut que je leur fournisse tous les chiffres qu'ils
demanderont. »

« — Les chiffres sont déjà sur fiches, riposta
Joseph, la voix durcie. Il n'y a qu'à les demander
à mon bureau. Prenez contact aujourd'hui même,
s'il vous plaît. »

« — Je vais m'en occuper d'ici une heure, promit Kasim. Dès que le rendez-vous sera fixé, je vous
appellerai. »

Joseph alla s'asseoir dans un fauteuil-club à côté
de la table où était posée la théière, avec deux
tasses de fine porcelaine. Il sourit légèrement. Amahl
savait que Susan viendrait dans le courant de la
matinée pour la séance de dictée. Il se versa du
thé et regarda sa montre.

Il prêta l'oreille. Une voiture s'arrêta devant la
porte. Ce devait être l'employé du bijoutier. Un
sourire joyeux erra sur sa bouche. L'employé appor-
terait un beau choix. Joseph n'achetait des bijoux
que dans les grandes occasions, mais alors il dépen-
sait sans compter.

Il s'abandonna contre le dossier du fauteuil. Le
visiteur fut introduit dans le petit salon. Déférent,
désireux de vendre, il posa la mallette gainée de
cuir sur la table de travail, avec l'air important
d'un homme qui va réaliser une belle affaire.
Diplomate, il imita Joseph qui abordait l'entretien
en anglais. Les femmes de chambre qui faisaient
le ménage dans le hall d'entrée étaient curieuses de
savoir ce qui se passait.

— Je vous ai apporté un magnifique pendentif
de rubis, annonça le bijoutier, tendant la main vers
un écrin. Je sais que madame Menderez a une
préférence pour les rubis, ajouta-t-il.

— Ceci n'est pas destiné à ma femme, répondit Joseph sèchement.

Un instant, le vendeur fut décontenancé. Il se remit vite, image même de la discrétion, en ouvrant un autre écrin. Joseph se pencha en avant, absorbé par le calme plaisir de faire son choix. Pour Constantina, il le savait, il se serait fié aux idées du bijoutier. Mais cette fois, c'était différent. Il examina les bijoux un par un, attentivement.

— Celui-ci, dit-il enfin avec décision.

L'objet était coûteux, mais l'argent ne jouait aucun rôle en cette affaire.

Le vendeur était ravi, autant par la rapidité de la transaction que par sa valeur. Lorsqu'il fut parti, Joseph se versa une nouvelle tasse de thé, confortablement abandonné dans son fauteuil, savourant le plaisir de son acquisition. Amusé, il se rappela la stupeur du bijoutier apprenant que ce qu'il apportait n'était pas destiné à Constantina.

De nouveau, il regarda sa montre. Il avait dit à Susan d'être là à onze heures. Il lui restait une demi-heure pour relire ses notes avant qu'elle n'arrive. Il ouvrit un tiroir de sa table pour y prendre la volumineuse liasse de notes qu'il avait réunies, avec l'espoir de meubler les longues heures monotones à l'hôpital.

La ligne de son téléphone privé sonna.

« — Comment vas-tu ? » demanda la voix alerte de Charles Lamartine.

« — Très bien. »

Après tant d'années, Joseph savait reconnaître les moindres subtilités dans la voix de son ami. Il fut pris d'une légère méfiance : Charles avait une idée derrière la tête.

Il fut renseigné sans attendre.

« — Je pense que tu t'obstines toujours à écrire tes mémoires ? »

« — Voyons, dit Joseph avec reproche, tu le sais bien. »

« — Il est donc inutile de te prouver que c'est de la folie. J'ai déjà entendu dire bien des choses, Joseph. »

« — Mon ami, ce n'est pas tellement faire les choses qui est important, mais la manière dont on les fait. »

Charles s'inquiétait sincèrement, pensa Joseph.

« — Je suis convaincu que je peux écrire ce livre et survivre ! dit-il. Tu sais, je ferai attention à ce que je dirai. Mais il faut que ces choses soient dites, pour réveiller les souvenirs de ceux qui les liront. »

« — Joseph... »

Charles s'interrompit, s'éclaircit nerveusement la gorge avant de poursuivre :

« — Cette jeune fille que tu as fait venir au palais ? Qui est-elle ? »

Joseph fronça les sourcils.

« — Tu le sais très bien. C'est la secrétaire d'un sénateur américain. Tu sais de quel genre d'aide j'ai besoin pour écrire mon livre. »

Il y avait dans sa voix une pointe d'agacement.

« — Depuis ce dîner au palais l'autre soir, je ne fais que tourner tout cela dans ma tête, reprit Charles Lamartine. Tu n'as tout de même pas fait venir une secrétaire de Washington uniquement pour te donner des indications sur la ville. Cette petite, Joseph... Est-elle celle que je suppose ? »

La voix montait un peu trop.

« — Charles, ne t'occupe pas de cela, dit Joseph sèchement. Je sais ce que je fais. »

Il se tut un instant, puis sa voix s'adoucit.

« — J'aimerais que tu viennes dîner un soir de cette semaine, dit-il. Martine est-elle toujours à Paris ?

« — Oui. »

Irrité d'avoir été remis à sa place, Charles boudait.

« — Eh bien, viens seul. Constantina t'appellera pour fixer une date. »

*
**

Constantina, en cet instant, restait immobile sous la couverture légère, peu désireuse d'ouvrir les yeux sur une nouvelle journée. Kasim était dans tous ses états, la veille au soir. Comment pouvait-il croire qu'elle amènerait Joseph à renoncer à la vente de ses parts ? Il devait bien se douter du peu d'influence qu'elle exerçait sur son mari. Elle étouffa un bâillement et se tourna sur le côté, pour se remettre aussitôt sur le dos ; elle aurait les paupières gonflées si elle enfouissait son visage dans l'oreiller. Elle ne pouvait plus se permettre ce luxe.

Que pouvait-elle faire pour Kasim ? Il était comme fou, sous sa cuirasse de suave amabilité. Elle ne pouvait rien pour modifier le cours des événements si Joseph avait pris sa décision. Dans ces cas-là, il devenait intraitable.

Elle fronça les sourcils car on frappait énergiquement à la porte. Fatima savait cependant qu'elle ne devait pas venir avant d'être appelée.

— Entrez.

La porte s'ouvrit. Sophia apparut, traversa la chambre, écarta les rideaux.

— Sophia ! protesta sa mère, clignant des yeux à la lumière. A quoi penses-tu ?

— Mère, je veux vous réveiller pour que vous

compreniez ce que j'ai à vous dire ! déclara Sophia
avec fureur.

Elle s'avança vers le lit.

— Un employé du bijoutier est venu ce matin,
dit-elle. Il vient de repartir. Il s'est rendu directement
à l'appartement de Père. Je l'ai vu.

— Que racontes-tu là ?

Constantina se releva pour s'asseoir contre une
montagne d'oreillers et regarda sa fille.

— Ton père achèterait-il un bijou pour moi ?

Sa voix était sarcastique. Pour son anniversaire,
Joseph se souvenait d'elle, parce qu'il s'y sentait
obligé, mais en dehors de cela, il fulminait au sujet
de ses dépenses vestimentaires.

— Il n'achète pas de bijoux pour vous, dit
Sophia, avec insolence.

Constantina se doutait des soupçons que nour-
rissait Sophia quant à sa liaison avec Kasim.

— Il va se rendre ridicule avec cette fille !

Parfois, Constantina trouvait inconvenant que
Sophia parlât de Joseph sur ce ton. Sophia ne
l'avait jamais accepté en tant que père, mais elle
profitait de ses largesses, et elle se révoltait à l'idée
qu'elle pourrait en être privée.

— Sophia, ne sois pas stupide !

Joseph n'était pas homme à s'amouracher d'une
femme ayant moins de la moitié de son âge. Jamais
il ne s'était intéressé à une femme autre qu'elle,
se dit-elle avec orgueil. Pourtant, il avait une
manière de regarder Susan qui lui faisait peur.

— Mère, vous avez été imprudente, reprit Sophia.
Je suis sûre qu'il sait tout.

— Sophia, je ne t'écouterai pas un instant de
plus !

Elle avait cru que Kasim mentait en prétendant
que Joseph comptait mettre l'argent de la vente

dans une banque suisse. Sophia et Kasim avaient-ils
vu juste ? Joseph se préparait-il à fuir la maison
avec Susan ?

Constantina n'était plus jeune et Joseph était
fatigué d'elle. Mais non ! Il n'allait pas partir avec
cette petite, pour que tout le monde rie derrière
le dos de sa femme : il fallait à tout prix qu'elle
empêche cela.

**
*

Après avoir pris son petit déjeuner dans le
jardin, en sursautant chaque fois qu'elle entendait
un bruit insolite, Susan remonta dans sa chambre
pour chercher son bloc et des crayons. Un calme
ineffable enveloppait le palais.

Vingt minutes plus tôt, Kemal était parti, la
saluant d'un geste en descendant l'avenue pour
gagner la route. Plus tard, Nicholas avait emmené
Constantina dans la Bentley et Irène Gulek sommeillait au soleil, au fond du jardin, dans son fauteuil roulant.

Susan tailla ses crayons, prit son bloc et le
dossier contenant les feuilles tapées la veille au soir.
Il était temps d'aller rejoindre Joseph Menderez
dans son bureau.

A la moitié de l'escalier, elle entendit le bruit
métallique d'une clé qu'on introduisait dans une
serrure en bas. Le cœur battant, elle se pencha sur
la balustrade, essayant de voir quelque chose. Sophia
ouvrait la porte du salon de chasse. Elle y entra
et referma derrière elle. La porte avait-elle été
refermée la veille au soir après la visite de Susan ?
Au fait, il ne lui semblait pas qu'il y eût, à ce
moment là, une clé dans la serrure... Sophia déte-
nait-elle cette clé ?

Les pensées s'embrouillaient dans l'esprit de Susan. Elle remonta prestement l'escalier, et resta là, tremblante, faisant mine de vérifier ses papiers pour le cas où une femme de chambre paraîtrait.

Une main crispée sur son bloc et ses crayons, les ongles de son autre main s'incrustant dans sa paume, elle s'écarta pour ne pas être vue. Elle entendit la porte du salon aux collections se rouvrir, et se refermer. Elle tendit l'oreille. Aucune clé ne tournait dans la serrure. Que signifiait tout cela ? Pourquoi Sophia s'était-elle rendue là ? Susan se pencha de nouveau pour voir. Sophia traversait le vestibule vers la grande porte, son sac se balançant au bout d'une courroie posée sur son épaule. Elle se rendait sûrement au garage pour prendre sa voiture.

Susan attendit quelques instants, pour être certaine que Sophia ne revenait pas, puis elle descendit. De nouveau, elle attendit dans le hall, le cœur battant, écoutant le moteur de la Mercedes qui sortait du garage.

Puis elle suivit à la hâte la galerie jusqu'au salon de chasse. Nerveusement, elle regarda la porte de l'appartement de Joseph Menderez. Il parlait à quelqu'un au téléphone. C'était le moment. Elle tourna la poignée de la porte qui s'ouvrit et elle entra dans la pièce, s'approcha du casier vitré où manquait, la veille, un poignard ancien. *Rien ne manquait aujourd'hui.*

Etait-ce bien ce casier-là ? Ne se trompait-elle pas ? Susan alla de vitrine en vitrine. Chaque série était complète.

Paul avait remis le poignard meurtrier à son ami du consulat. Sophia en avait apporté un autre pour le remplacer. Combien de temps faudrait-il à M. Menderez pour s'apercevoir de la substitution ?

Sophia ? Sophia la détestait-elle au point de vouloir la tuer ? Mais pourquoi ? *Pourquoi ?*

Assise sur une chaise de cuir, son bloc sur les genoux, attendant que Joseph Menderez ait feuilleté une liasse de notes, Susan essayait de recouvrer son sang-froid. La découverte qu'elle venait de faire lui tournait la tête. Elle ne tirait pas de conclusions imaginaires : hier soir, le poignard manquait. Ce matin, Sophia l'avait remplacé.

S'il y avait des empreintes digitales sur le manche de l'arme détenue par Dick Spencer, il devenait possible de les comparer à celles de Sophia, non que ses empreintes fussent dans les fichiers de la police, mais il devait être possible de se les procurer. Paul était intelligent : il aurait une idée.

Cette voiture rouge, la veille... Etait-il possible que Sophia l'eût pilotée ? Serait-elle aussi imprudente ?

— Je crois avoir ce qu'il faut, dit Joseph, interrompant les réflexions inquiètes de Susan. Je veux être absolument sûr des dates.

Il dicta rapidement pendant cinq minutes, puis revint à ses notes. Les pensées de Susan tournaient autour de Sophia : elle avait peine à croire ce qu'elle avait vu.

Que dirait M. Menderez si elle lui parlait de ce poignard lancé sur elle à Camlica ? Et de ce qui venait de se passer dans le salon aux collections ? Il la regarderait comme si elle était une sorte de monstre d'oser insinuer que Sophia était peut-être une criminelle.

Paul avait dit qu'il lui téléphonerait le soir. Il avait l'intention de travailler à la bibliothèque de l'université anglaise. Elle n'avait donc aucune chance de le joindre dans la journée.

« Quand il appellera, se dit-elle, je lui parlerai

de la visite de Sophia aux collections, de Sophia remplaçant le poignard envolé. Il y a peut-être là un indice dont je ne me rends pas compte... »

Elle ne voulait pas accuser à la légère. Elle lui annoncerait la chose sans faire de commentaires. Mais pourquoi Sophia aurait-elle remplacé le poignard sinon pour se disculper ?

— Voilà, Susan, dit Menderez, prêt à reprendre sa dictée.

Pendant une heure et demie, ils travaillèrent. A midi, Menderez appela Amahl et commanda le déjeuner qui serait servi au jardin pour Susan et lui.

— Nous ne travaillerons pas pendant les week-ends, dit Joseph. Tapez vos notes au moment qui vous arrangera d'ici à lundi matin.

Il la regarda d'un air interrogateur.

— Que pensez-vous de mon pays, Susan, maintenant que vous le connaissez un peu ?

— Il est magnifique, répondit Susan gravement. Il est bien tel que je l'imaginais.

Mais elle n'imaginait pas qu'on y tenterait de la tuer.

— Istanbul est le fruit de deux mille ans d'autorité impériale. La ville a son affreux côté, que la République, au cours de sa brève existence, n'a pas pu supprimer. Mais elle est aussi très belle.

Son regard pesa sur la jeune fille avec une intensité qui la gêna.

— Venez, dit-il enfin, rompant le malaise qui soudain planait sur eux. Allons voir ce qu'on nous a préparé pour le déjeuner.

Après le repas, Susan monta chez elle pour copier ses notes pendant que la dictée était encore toute fraîche dans sa mémoire. Un peu honteuse, elle ferma cependant sa porte à clé, elle était trop inquiète pour ne pas prendre cette précaution.

Elle achevait la moitié de son travail lorsque Constantina et Sophia rentrèrent au palais, à quelques instants l'une de l'autre. Un peu plus tard, par la fenêtre ouverte, elle entendit Constantina discuter avec son mari. Constantina était allée voir Charles Lamartine, comprit la jeune fille ; Joseph en était mécontent, tandis que sa femme était agitée par ce que leur ami lui avait dit.

— Tu as toujours respecté le jugement de Charles !

La voix de Constantina résonnait dans le calme de l'après-midi.

— Comment peux-tu le mépriser maintenant ? Comment peux-tu nous mettre tous en danger ?

— Charles se conduit comme un vieux froussard, répondit Joseph avec un indulgent dédain. Je n'ai besoin de personne pour prendre mes décisions.

Sans doute s'avisèrent-ils que la colère de Constantina portait assez loin... La fenêtre se ferma. Le reste de la discussion se passa dans le secret.

Une fois ses notes tapées, Susan demeura à sa machine à écrire pour essayer de rédiger une lettre pleine de gaieté à Robin. Si celle-ci se doutait, si peu que ce fût, de ce qui se passait à Istanbul, elle se précipiterait chez Bill Cargill pour le mettre au courant. Et que pourrait-il faire de Washington ?

Une voiture s'arrêta dans la cour. Curieuse, Susan alla à la fenêtre pour voir qui venait. Un couple d'une quarantaine d'années, élégamment vêtu, émergea d'une Rolls-Royce grise et s'avança vers la porte d'entrée. Probablement des amis de Constantina. Susan fronça les sourcils : allaient-ils rester dîner ? Elle se sentait mal à l'aise auprès des amis de Mme Menderez.

Quelques instants plus tard, la bibliothèque résonnait de voix et de rires. A un moment, les invités demandèrent des nouvelles de Joseph : apparemment, celui-ci n'avait aucune intention de se joindre à eux.

Soudain, le silence se fit au rez-de-chaussée. De nouveau, Susan alla regarder par la fenêtre : Constantina, Sophia et les visiteurs montaient dans la Rolls. Quelle joie ! Il n'y aurait pas d'invités ce soir !

Sophia partie, Susan se sentit soulagée. Elle serait tranquille quelque temps, pour téléphoner à Paul qui, peut-être, était de retour chez lui.

Elle forma le numéro sur le cadran de l'appareil, sachant qu'à son hôtel, on comprenait l'anglais. Mais Paul n'était pas encore rentré. Elle annonça qu'elle rappellerait un peu plus tard.

Quand elle descendit, elle trouva Kemal dans la bibliothèque, vautré dans un fauteuil.

— Bonsoir ! dit-il.

Comment réagirait-il si elle lui parlait de Sophia et du poignard ? Il serait très ému, naturellement. La croirait-il ?

Le sourire de Kemal était chaud et rassurant, mais son regard demeurait grave.

— Avez-vous parlé à Paul aujourd'hui ? demanda-t-il.

— Non, je n'ai pas pu le joindre. Je pense qu'il est encore à la bibliothèque.

Amahl parut à la porte, parla un instant à Kemal et s'éloigna.

— Ma tante a dîné de bonne heure et s'est couchée, traduisit le jeune homme. Ma mère et Sophia sont parties pour la soirée, de sorte que vous et moi dînerons seuls avec mon père.

Il posa son journal et se leva.

— Venez, Fatima se prépare à servir. Ce ne sera probablement pas gai, soupira Kemal. J'ai sur mon père une fâcheuse influence.

Chose étonnante, pourtant, la conversation, au dîner, fut stimulante, semée de quelques nouvelles pleines d'intérêt. Joseph annonça aux jeunes gens que Constantina et Sophia partaient le lendemain, conduites par Nicholas, pour leur villa sur la côte d'Anatolie ; elles devaient s'y installer pour l'été un mois plus tard. Cette fois, elles y passeraient vingt-quatre heures et y laisseraient Nicholas, qui préparerait la demeure pour la saison. Kemal, à la vive surprise de son père, et sa joie prestement dissimulée, parla vaguement de suivre des cours de droit.

— Il arrive, dit Kemal, qu'on soit obligé de se conformer aux règles quand on veut faire changer les choses, mais je ne prends aucun engagement..., en tout cas pas encore.

Il disait consciencieusement la vérité, mais son père rayonnait.

Ils s'attardèrent à prendre le café. Joseph était d'humeur expansive, parlant avec ardeur de ses opinions politiques.

Menderez était content de Kemal, décida Susan. Il y avait certainement peu de communication entre Sophia et son beau-père, mais une sincère affection unissait Joseph et Kemal, en dépit de leurs divergences.

Joseph regagna de bonne heure son appartement ; Kemal monta avec Susan qui n'eut pas le courage de lui parler de Sophia.

Dans sa chambre, sa porte fermée à clé, elle se dirigea aussitôt vers le téléphone. Paul avait annoncé qu'il appellerait, pourquoi ne le faisait-il pas ? Elle composa le numéro de l'hôtel et attendit impatiem-

ment. Oui, lui répondit enfin la standardiste, monsieur Ashley était là.

« — Je rentre à l'instant, dit Paul. J'allais vous
téléphoner. »

« — Comment cela s'est-il passé à la bibliothèque ? »

« — Fantastique. Je suis enivré par mes recherches. »

« — Paul, il est arrivé quelque chose », dit-elle.
Elle entendit un déclic.

« — Eh bien, vous me raconterez cela demain »,
dit Paul d'un ton léger.

Lui aussi avait entendu le bruit suspect.

« — Travaillez-vous le samedi ? »

« — Non. »

« — J'ai toujours la voiture, et maintenant elle
marche. Voulez-vous que je vienne vous chercher
demain à onze heures ? »

« — Ce sera parfait. »

Visiblement, Paul ne voulait pas être entendu par
des oreilles indiscrètes.

« — Alors, dit-il, bonsoir. A demain. »

Dans son lit, trop tendue pour dormir, Susan se
réjouit que Sophia passât la soirée au dehors.
Demain, selon M. Menderez, elle et sa mère s'ab-
senteraient pour vingt-quatre heures. Mais qui donc
avait voulu écouter leur conversation, à Paul et à
elle ? Aucun des domestiques ne savait l'anglais !

Susan attendit que la voiture eût atteint la route
pour parler à Paul du salon de chasse, du poignard
manquant, puis de la visite de Sophia.

— Il ne me serait jamais venu à l'idée de lier
Sophia à cette affaire, dit Paul. Il existe peut-être

une explication sans gravité à sa démarche. Je refuse purement et simplement de soupçonner Sophia de meurtre.

— Personne n'a jamais l'air capable d'un meurtre, observa Susan, à part le traître dans les mauvais films.

Paul grimaça un sourire.

— Il nous faut considérer chacun comme suspect jusqu'au moment où nous aurons la clé du mystère. J'ai parlé à Dick. Le poignard a été examiné pour les empreintes : il n'en portait pas une !

— Alors nous sommes revenus au point de départ, nous ne savons rien.

— Pas tout à fait, contredit Paul. Nous avons une collection de petits faits qui ne forment pas encore un tout cohérent, mais cela viendra, je vous le promets. Vous n'avez pas parlé de Sophia à Kemal ?

— Je n'ai pas pu.

— Parfait. Mais nous pouvons en discuter avec Dick. Il aura peut-être une idée.

Il secoua lentement la tête.

— Je ne puis croire que Sophia soit complice d'une chose pareille, dit-il.

CHAPITRE XII

Une heure plus tard, ils retrouvaient Dick dans un café proche du consulat. Susan, en termes mesurés, lui raconta son histoire.

— A votre avis, donc, on a fermé la porte à clé dans la journée afin que personne ne s'aperçoive de la disparition du poignard, dit-il, résumant le récit de Susan. Il s'agit d'un poignard ancien, mais il était facile d'en trouver un identique dans un des bazars, à condition d'y mettre le prix. Je reconnais que le travail a été minutieusement préparé ; un des serviteurs n'aurait pas eu l'idée de porter des gants, quand le poignard a été lancé contre vous, pour éviter les empreintes digitales.

— Tu crois que Sophia, ou qui que ce soit d'autre, a engagé un tueur ? demanda Paul.

— Moi, je crois que c'était Sophia, riposta Dick avec entrain, mais comment le prouver ?

— Hier soir, quand j'ai téléphoné à Paul, observa Susan, quelqu'un a voulu écouter notre conversation d'un poste de la maison : nous avons entendu un déclic. Et Sophia n'était pas au palais.

— Qui s'y trouvait ? demanda Dick.

— Monsieur Menderez venait de regagner son

appartement, Kemal était en train de regagner sa chambre. Madame Gulek était couchée.

— La vieille dame pourrait bien avoir écouté aux portes, dit Paul. Kemal, en riant, la surnomme « l'Espionne du Palais ». Elle manque de distractions, ajouta-t-il avec compassion. Elle ne sort pas souvent.

— Je suppose que vous refusez d'envisager votre retour aux Etats-Unis ? risqua Dick sérieusement.

— Je suis décidée à me battre, Dick ! répliqua Susan, les yeux brillants. Je veux savoir qui veut ma mort.

— Je crois qu'il n'y a rien d'autre à faire que confier l'affaire à la police d'Istanbul, soupira Dick.

Il était visiblement troublé.

— Le consulat n'est pas équipé pour débrouiller ce genre d'affaire. C'est votre vie qui est en jeu.

— Il a raison, approuva Paul. Nous ne pouvons pas courir de risques.

Susan réfléchissait.

— Sophia est absente jusqu'à demain soir, dit-elle lentement. Il n'arrivera rien d'ici là.

La police faisant irruption au palais, fouillant partout, interrogeant tout le monde... M. Menderez serait terriblement bouleversé. Sa fille suspectée !

— Il n'arrivera rien à condition que Sophia soit responsable des attentats, précisa Paul.

— Demain soir, je dirai tout à monsieur Menderez, promit Susan. C'est lui qui appellera la police.

Elle eut un sourire forcé.

— Quelle manière de célébrer mon anniversaire... !

— Dix-neuf ans ! dit Paul, taquin.

— Vingt et un ! répliqua la jeune fille indignée.

— Nous célébrerons cela lundi soir, avec Kemal

et Iris, décida Paul. Dick, tu es invité. Nous irons
dîner dans un bon restaurant.

Un peu plus tard, Paul proposa une excursion.

— Allons au parc Yildiz. C'est sur le Bosphore.
On pense que c'était la retraite cachée d'un sultan.

Il en parlait avec enthousiasme, essayant de distraire Susan après la gravité de leur entrevue avec
Dick.

— Le parc est immense.

— Kemal parlait d'un musée à cet endroit ?

— C'est exact. Il y a là deux pavillons impé-
riaux, dont l'un est maintenant un musée. Mais nous
ne sommes pas d'humeur à visiter un musée aujour-
d'hui. Nous nous arrêterons à une terrasse, car de
là, la vue sur le Bosphore est sensationnelle. Ensuite
nous nous promènerons autour de mon étang préféré et nous visiterons le jardin. D'accord ?

— Approuvé ! dit Susan avec un entrain forcé.
Il y a tant de belles choses à voir à Istanbul !

— Tout de même, n'oubliez pas les points de
vue magnifiques que nous avons chez nous, plai-
santa Paul. Rappelez-vous la vue sur le Potomac !

— Ma mère adorait le Potomac. C'était la partie
de Washington qu'elle préférait.

Paul leva un sourcil interrogateur.

— En sortant de l'école de secrétariat, expliqua
Susan, ma mère a travaillé huit mois à Washington.
Elle avait dix-huit ans.

Les yeux de Susan brillaient de tendresse.

— Mais ma grand-mère est tombée malade, sans
espoir de guérison, de sorte que maman a quitté
Washington pour aller la soigner. Elle est restée
auprès d'elle, en Pennsylvanie, pendant quatre ans,
jusqu'à la mort de sa malade, et elle s'est mariée
là-bas. Washington était fini pour elle, jusqu'au jour
où elle y est revenue avec moi, quand j'ai terminé

mes études, et que j'ai travaillé pour le sénateur Cargill.

— Etait-ce votre mère ou votre père qui était passionné par le Moyen-Orient ?

Les sourcils joints, Paul essayait de se rappeler ce que lui avait dit Susan.

— C'était maman, la grande romantique ! répondait cette dernière.

— Il y a des magasins formidables un peu plus loin, Susan. Voulez-vous aller les voir ?

Une fois de plus, il changeait de conversation.

— Avec plaisir, dit Susan.

— Cherchons à nous garer et allons-y à pied ; les rues sont terriblement étroites, même pour une petite voiture.

Ils finirent par trouver une place libre, et la main dans la main, ils suivirent la rue pavée, décidés à mettre leurs soucis de côté.

Susan résista aux tentations offertes par les boutiques jusqu'au moment où elle vit, à un étalage, un fort joli modèle réduit de bateau.

— Oh ! Paul ! Il est magnifique ! dit-elle, examinant l'objet dans ses moindres détails. S'il n'était pas trop cher, je l'achèterais pour grand-père.

Le bateau trouverait sa place dans la collection du vieillard, qu'on avait disposée dans sa chambre pour qu'il puisse la regarder. C'était un petit plaisir pour lui, qui en avait si peu.

— Permettez-moi de mener l'affaire pour vous, pria Paul. Acheter quelque chose dans ce genre de boutique est tout un art. Feignez de ne pas vous intéresser au bateau ; regardez autre chose et laissez-moi la conduite de l'opération.

A l'avance, Paul prenait un plaisir évident à la mission.

Le propriétaire du magasin saluait des clients

qui partaient et il s'avança vers Susan et Paul avec son sourire le plus engageant. Susan demanda à voir des boucles d'oreilles de cuivre et l'homme invita les jeunes gens à prendre avec lui un verre de thé. Il parlait anglais, et en buvant le thé, il raconta qu'un de ses cousins dirigeait un restaurant du côté de l'ONU à New York.

Il remarqua les coups d'œil que Susan jetait au bateau et ses yeux brillèrent de satisfaction. Pendant dix minutes, Paul et lui bataillèrent jusqu'au moment où Paul estima que le prix du modèle réduit avait été ramené à des proportions raisonnables.

— Dites-lui de l'expédier pour vous, conseilla Paul à Susan. Si vous le faites vous-même, vous serez horrifiée par tous les papiers qui vous seront nécessaires.

Le marché fut conclu ; le commerçant se chargeait de l'emballage et de l'envoi.

— Adressez le colis à monsieur Frank Ross, dit Susan. Tenez, je vais vous écrire le nom et l'adresse.

Elle était ravie de son achat et tira de son sac un papier et un crayon.

— Voilà un nom bien américain pour une amoureuse du Moyen-Orient, remarqua Paul d'un air innocent. Etait-ce le nom de votre mère ?

— Oui. Elle s'appelait Ina Ross. Une des raisons pour lesquelles elle aimait tant Washington était que là, on rencontrait des gens venant de toutes les parties du monde.

Le marchand leur fit des adieux émus et ils se retrouvèrent dans la rue. A la vitrine d'une boutique voisine, le regard de Susan fut attiré par des boucles d'oreilles.

— Entrez et essayez vos talents, dit Paul. N'ayez pas de scrupules : marchander est une coutume générale. Pendant ce temps-là, je chercherai un téléphone, un bibliothécaire à l'université anglaise m'a promis un renseignement sur un bouquin.

— J'entre, dit Susan.

Si les boucles d'oreilles étaient d'un prix accessible, elle en achèterait une paire pour elle et une paire pour Robin.

Paul remonta la rue, trouva un appareil téléphonique et chercha dans sa poche la pièce nécessaire pour l'appel. Il entendit sonner la ligne privée de Dick au consulat et son ami lui répondit.

« — Dick, lui dit-il, je voudrais que tu te renseignes sur une jeune fille qui a travaillé à Washington il y a vingt-deux ans : Ina Ross. »

« — Aurais-tu du nouveau ? » demanda l'autre, aussitôt intéressé.

« — Une idée. Retrouve-moi la trace de cette fille, je t'en prie. »

« — Paul, s'il s'agit d'une piste, tu devrais aller trouver la police. »

« — La police d'Istanbul ne prendra pas la peine de rechercher une secrétaire qui se trouvait à Washington il y a vingt-deux ans ! Je t'en prie, Dick, tu dois pouvoir me trouver ça. On a sûrement des renseignements sur Susan qui était secrétaire d'un sénateur. Elle paye des impôts en Amérique, mon vieux ! »

Il s'efforça de prendre un ton plus calme.

« — Tu peux toujours essayer. »

Il était au bord d'une chose importante, il en avait l'intuition, et il avait peur ; réussir devenait urgent. La mort pouvait guetter Susan à chaque tournant.

« — Je ne suis pas sûr de pouvoir te trouver ça », prévint Dick.

« — Essaye ! » supplia Paul.

Dick, finalement, capitula.

« — Je vais tenter le coup, mais je ne promets rien. »

Quand Paul et Susan atteignirent une terrasse dans le parc Yildiz pour admirer la splendeur du Bosphore à leurs pieds, le temps avait brusquement changé. Le ciel devenait d'un gris menaçant, la température baissait.

— Avez-vous froid ? demanda Paul à Susan avec sollicitude, comme ils quittaient la terrasse pour se diriger vers l'un des petits étangs.

— Un peu, admit-elle.

Paul retira sa veste et la mit sur les épaules de Susan, passant un bras autour de sa taille tandis qu'ils avançaient dans le vent hivernal soufflant de la mer Noire. Ils marchèrent en silence un moment, Susan se sentait bien. Elle remarquait pourtant que de temps à autre, son compagnon regardait autour d'eux avec appréhension, comme s'il redoutait une nouvelle tentative meurtrière, venant on ne savait d'où.

Ils faisaient le tour de l'étang lorsque se mit à tomber une pluie diluvienne ; ils coururent vers la voiture, et y arrivèrent trempés jusqu'aux os.

— Ma veste ne vous a guère protégée ! observa Paul.

Susan était hors d'haleine.

— Je n'ai jamais vu une pluie pareille ! dit-elle.

— Je vais mettre le chauffage, dit-il vivement.

Il la voyait frissonner, avec cette chute brutale de la température et ses vêtements mouillés.

Il eut un soupir exaspéré.

— J'oubliais : le chauffage ne fonctionne pas. Pas plus que la radio. Je vais vous ramener directement au palais ; prenez un bain chaud dès que vous y arriverez : je ne veux pas que vous preniez froid, la veille de votre anniversaire !

Il parlait avec tendresse.

— Par un temps pareil, je devrais avoir une villa tout près d'ici et une femme de chambre pour nous préparer à dîner pendant que vous vous sécheriez auprès d'un brasero.

— Paul...

Soudain, Susan était sérieuse.

— Ne parlez pas au palais de mon anniversaire.

— Je ne dirai pas un mot, promit-il. D'ailleurs, nous le célébrerons lundi.

A la porte du palais, Susan retira ses chaussures trempées pour ne pas abîmer l'admirable tapis oriental qui couvrait le sol du grand vestibule. Entrant, ses souliers à la main, elle se trouva face à face avec Kemal.

— Il pleut à verse, dit-elle.

— Je vois cela !

Compatissant, il regardait ses vêtements ruisselants.

— Vous devriez prendre un bain de vapeur pour éviter un rhume, ajouta-t-il. Il y fait encore chaud : j'en suis sorti il y a une demi-heure à peu près.

Il regarda sa montre.

— Il faut que j'aille vite rejoindre Iris, mais avant cela, je vais vous faire voir comment cela marche.

Il sourit.

— Avez-vous jamais pris un bain turc ?

— Non.

— Alors, grimpez vite mettre un peignoir et des pantoufles. Je vous conduirai là-bas.

Vêtue d'un peignoir de tissu éponge semé de fleurs et chaussée de pantoufles, Susan suivit Kemal jusqu'au fond du palais, où un prolongement de la maison, au-delà de la cuisine, abritait le bain de vapeur.

— Voilà le vestiaire, dit Kemal, montrant une cabine sur la gauche. Quand vous serez sortie du bain de vapeur et de la douche, reposez-vous là un moment sur la couchette.

Il s'approcha d'une série de cadrans.

— Je mets en marche. Il y a deux parties, deux pièces. Attendez cinq minutes dans la première pour vous habituer à une chaleur moyenne, puis entrez dans la seconde. Et ne vous imaginez pas être tombée dans le brouillard de Londres, dit Kemal en riant. Cherchez un banc à tâtons. Quand vous sortirez, tournez le cadran jusqu'à zéro. Je vous garantis que vous n'aurez pas de rhume malgré la pluie, et vous vous sentirez merveilleusement bien.

De nouveau, il regarda sa montre.

— Il faut que je file ; Iris a une pendule à la place du cœur !

Chaudement enveloppée dans son peignoir, Susan s'assit sur la couchette pendant quelques minutes jusqu'à ce que le cadran indiquât que la première pièce du bain turc avait atteint la température fixée par Kemal. Elle alla en ouvrir la porte, remarquant au passage la lampe rouge allumée au-dessus, signalant la présence d'une personne dans l'étuve. Il n'y aurait certainement pas d'autre amateur, du reste, Constantina et Sophia étant absentes, M. Menderez avait dit à Susan avec mélancolie que depuis sa crise cardiaque, les bains de vapeur lui étaient interdits.

Elle ne resta que peu de temps dans la première pièce, puis pénétra, avec un surprenant plaisir, dans l'épais brouillard opaque de la seconde. En tâtonnant, elle gagna la banquette de bois qui se trouvait sur la chaude, la très chaude plate-forme de marbre. Elle s'assit avec précaution et sentit la chaleur monter agréablement dans tout son corps.

Elle parvenait à se détendre ! Elle ne s'était jamais sentie aussi bien depuis son arrivée à Istanbul.

Soudain, elle tressaillit : y avait-il quelqu'un à la porte ? Elle tendit l'oreille, le cœur battant. Elle n'entendait plus rien. Elle essaya de percer le brouillard. Non, elle s'imaginait des choses : personne n'était entré dans le bain turc. Et maintenant, elle pouvait en sortir.

Elle se leva et souleva, sur sa nuque, ses cheveux humides. Mais à cet instant, avec une effrayante rapidité, quelque chose heurta le dos de sa tête : elle sentit qu'elle tombait en avant, puis elle sombra dans le néant.

Elle était prise dans un piège de vapeur.

*
**

La pluie cessait quand Paul trouva un emplacement pour garer sa voiture. Sifflotant, il gagna son hôtel. Il regrettait que la journée se fût achevée aussi vite, mais il allait pouvoir travailler jusqu'au soir. Demain aussi, il travaillerait, avant d'aller chercher Iris pour l'emmener au palais ; elle y était invitée à dîner. Lui aussi.

A mi-chemin de son étage, il jura entre ses dents ; il avait oublié dans la voiture sa veste mouillée. Il n'avait plus qu'à aller la chercher.

La veste sur le bras, il s'arrêta pour acheter une provision de noix à grignoter ; il travaillerait longtemps et il descendrait tard pour dîner.

En mettant le petit sac de noix dans la poche de sa veste, il constata qu'il s'y trouvait déjà quelque chose. Les boucles d'oreilles que Susan avait achetées étaient là. Elle allait être désolée, certainement, croyant qu'elle les avait perdues. Il décida de lui téléphoner pour lui dire qu'il avait le petit paquet.

Une des femmes de chambre lui répondit. Il demanda Susan et la servante annonça qu'elle allait la chercher.

Quelques minutes plus tard, elle revenait.

« — Je regrette. Elle n'est pas là. »

« — Elle est sûrement là ! » commença Paul.

Il s'interrompit brusquement. Des signaux d'alarme résonnaient dans sa tête.

« — Cela ne fait rien, dit-il, prenant un ton léger. Je rappellerai plus tard. »

Il chercha dans son carnet d'adresse le numéro de la ligne particulière de Joseph Menderez : la femme de chambre était-elle trop paresseuse pour chercher vraiment ? se demandait-il avec irritation. Susan était sûrement au palais !

« — Excusez-moi de vous déranger, dit-il à Menderez quand il l'eut au bout du fil, mais j'ai laissé Susan au palais il y a quarante minutes environ. Elle est certainement là, mais la femme de chambre à laquelle je viens de parler n'a pas pu la trouver. »

L'anxiété de Paul s'entendait au ton de sa voix malgré ses efforts.

« — Monsieur, sauriez-vous où elle est, par hasard ? »

« — Je vais la chercher tout de suite, dit Menderez, sentant l'angoisse du jeune homme. Avez-vous quelque chose à lui dire ? »

Paul hésita.

« — Voulez-vous lui demander de m'appeler, s'il vous plaît ? »

Il tremblerait jusqu'à ce qu'il entende sa voix.

« — Voulez-vous lui dire aussi que j'ai les boucles d'oreilles qu'elle a achetées aujourd'hui ? Elles étaient dans la poche de ma veste. »

« — Je vais me mettre immédiatement à sa recherche », promit Joseph.

Paul raccrocha l'appareil et s'assit devant sa machine à écrire, sachant qu'il ne taperait pas une ligne avant d'avoir des nouvelles de Susan. Il essaya de revoir ses notes. Combien de temps faudrait-il à Menderez pour trouver la jeune fille ?

Menderez sortit avec une rapidité inhabituelle dans la galerie. Il allait appeler les domestiques, leur commander de fouiller tout le palais, car Paul paraissait affolé.

— Fatima ! Amahl ! appela-t-il.

Inquiète en entendant la voix pressante, Fatima accourut, de son petit pas rapide, Amahl la suivant de près.

Joseph leur commanda de rassembler les autres domestiques et d'organiser des recherches systématiques dans tout le palais pour retrouver Susan. Ceci fait, il se dirigeait vers l'escalier pour monter dans la chambre de Susan, mais Amahl s'interposa.

Le médecin de Menderez lui interdisait de monter les escaliers.

Joseph fronça les sourcils, mais n'insista pas. Amahl, alerte malgré son âge, gravit les marches en courant et alla frapper à la porte de Susan. Joseph demeura au pied de l'escalier, l'oreille tendue.

Du fond du palais, du côté des cuisines, un cri retentit soudain, poussé par Melâhat, la femme de chambre. Elle avait l'air au bord de la crise de nerfs et tous les domestiques se hâtèrent de suivre Joseph qui se précipitait dans la direction de la voix stridente.

Elle avait trouvé Susan. Susan sans connaissance.

Joseph s'élança et entra dans la pièce remplie

d'épaisse vapeur où Susan était étendue sur le sol. Sans écouter les protestations d'Amahl, qui courait derrière lui, Menderez se pencha, prit Susan dans ses bras, l'emporta dans le vestiaire et la coucha doucement sur le petit lit.

— Fatima, une serviette mouillée froide. Amahl, un pot d'eau fraîche.

Il vérifia le pouls. Elle avait terriblement chaud, mais rien de plus. Laissée là pendant des heures, pourtant, elle aurait fort bien pu mourir.

Melâhat expliquait, d'une voix aiguë d'excitation et avec force gestes, qu'elle avait vu la lampe rouge allumée et avait compris qu'il y avait quelqu'un dans le bain turc.

Fatima apporta la serviette mouillée. Doucement, Joseph la passa sur le visage de Susan qui remua, fit une grimace, et protesta faiblement.

— Tout va bien, Susan, dit Joseph avec une rassurante douceur.

Il la voyait reprendre peu à peu connaissance.

— Vous êtes restée trop longtemps dans la vapeur, mais vous n'avez pas de mal.

Susan essaya de sourire.

— Quelle drôle de façon de faire connaissance avec les joies du bain de vapeur !

— Ne bougez pas et reposez-vous, commanda Joseph.

Il se tourna vers Fatima.

— Allez chercher du thé, s'il vous plaît. Je vais demander le médecin par téléphone.

— Non, je vous en prie ! protesta Susan.

Elle essaya de se lever, mais sa tête lui faisait très mal.

— Je vais parfaitement bien, dit-elle.

Pourtant, elle ne réussissait pas à se redresser. Pas encore.

— Ce n'est rien, insista-t-elle. Tout ira bien dans quelques instants.

— Restez là étendue et prenez du thé, répéta Joseph. Quand vous vous sentirez mieux, Melâhat vous aidera à monter chez vous et à vous coucher.

En entendant prononcer son nom, Melâhat sourit largement. Cette situation dramatique l'enchantait et elle était ravie de s'occuper de Susan.

— Je vais téléphoner à Paul, dit Menderez songeur. C'est grâce à lui que nous nous sommes mis à votre recherche, Susan. Il vous a téléphoné pour vous dire qu'il avait trouvé les boucles d'oreilles que vous avez achetées cet après-midi, paraît-il. Ne pouvant vous joindre, il s'est adressé à moi.

Il se pencha pour serrer affectueusement la main de la rescapée.

Un peu plus tard, avec l'aide de Melâhat et de Joseph, Susan effectua le trajet jusqu'à sa chambre. A la porte, Joseph la laissa à la garde de Melâhat, en lui ordonnant de se coucher immédiatement.

— Je vous ferai monter votre repas, dit-il. Surtout, reposez-vous.

Il lui tapota l'épaule.

— Demain soir, nous avons un dîner ici ; Paul, l'amie de Kemal et Charles Lamartine seront là. Il faut que vous soyez en pleine forme.

Melâhat alluma les braseros. Susan prit le téléphone et forma le numéro de Paul ; elle attendit, le cœur battant au souvenir de ces secondes terrifiantes dans le bain de vapeur, avant qu'elle ne perde connaissance. Le coup qu'elle avait reçu sur la tête lui faisait encore très mal.

« — Je suis content de vous entendre ! »

Le soulagement qui avait envahi Paul ne dura pas : horrifié, il apprit ce qui s'était passé.

Melâhat ne pouvant comprendre l'anglais, Susan

lui fit un récit complet, sans oublier de dire qu'elle avait été frappée.

« — Quelqu'un vous avait-il vue entrer dans le bain turc ? demanda Paul. Les domestiques ? »

« — Je n'ai vu personne, sauf Kemal qui m'y a amenée. Personne d'autre. »

Paul soupira. Il ne pouvait croire que Kemal fût coupable, mais qui d'autre pouvait l'être ?

« — Susan, il faut cesser de jouer avec votre vie. Je vais venir et nous irons trouver monsieur Menderez ensemble. »

« — Seulement demain soir, plaida Susan. Après le dîner. Il ne se passera rien d'ici-là. »

Paul allait discuter, mais finalement il accepta de ne rien faire avant le lendemain soir, à condition que Susan promette de rester dans sa chambre.

Plus facilement qu'elle ne s'y attendait, elle s'endormit d'un lourd sommeil, coupé néanmoins par des rêves inquiétants. Elle s'éveilla, anxieuse et tendue. Melâhat avait laissé allumées les lampes dans le petit salon, et le brasero dispensait dans la chambre une chaleur bienfaisante.

Quelques instants plus tard, la jeune femme de chambre arriva avec le dîner. Parlant turc avec son animation coutumière, de sa voix légèrement stridente, gesticulant pour se faire comprendre, elle plaça le grand plateau de cuivre sur les genoux de Susan. Celle-ci était amusée, un peu gênée de lui donner tant de peine, mais elle se força à regarder le repas disposé devant elle : sur le plateau s'étalait un menu de gourmet pour lequel elle n'éprouvait, ce soir, aucun appétit.

Un coup léger fut frappé à la porte, rompant le silence du soir. Melâhat alla ouvrir d'un air important et Susan entendit Mme Gulek parler à la jeune femme de chambre dans le salon. Puis le fauteuil roulant parut.

— Vous allez bien ?

L'anxiété se lisait sur le visage de l'infirme.

— Joseph vient de me dire ce qui est arrivé.

Ce soir, elle avait tant d'accent que Susan avait peine à la comprendre.

— Je suis seulement un peu secouée...

Elle s'interrompit, voyant que Mme Gulek ne comprenait pas du tout.

— Je suis un peu étourdie, expliqua-t-elle, à cause de cette chaleur. Mais ce n'est rien.

Elle souriait, rassurante.

— Joseph est obstiné !

Les yeux de la vieille femme brillaient de colère. Ses petites mains couvertes de bagues tremblaient.

— Ne peut-il voir ce qu'il vous fait ? Il faut qu'il renonce à ce livre. Il faut qu'il vous renvoie en Amérique avant de vous tuer !

*

Les sourcils froncés dans son sommeil, luttant pour ne pas entendre la sonnerie insistante du téléphone, Paul se retourna. Il était encore fatigué par les longues heures passées à sa machine à écrire : il ne s'était couché que cinq heures auparavant. Tout à coup, comme si une sonnette d'alarme avait retenti dans son esprit, il se réveilla tout à fait et tendit la main vers l'appareil.

« — Allô ?... »

« — Excuse-moi de te réveiller si tôt, mon vieux, s'excusa Dick, mais j'ai du nouveau.

« — Quoi donc ? »

Paul se dressa sur son lit.

« — J'aimerais mieux ne pas te le dire par

téléphone. Viens ici, veux-tu ? Je suis au consulat. »

« — J'y serai dans vingt minutes », promit Paul.

Pourquoi Dick était-il venu au consulat un dimanche matin ?

Il jeta un regard sur son réveil. Euh... Un dimanche après-midi, rectifia-t-il.

Il s'habilla rapidement et se hâta d'aller chercher sa voiture, sans même prendre le temps de boire un café. Qu'avait découvert Dick ?

Dix minutes plus tard, il se trouvait dans le bureau de son ami.

— Tu coûtes une fortune au consulat en conversations téléphoniques longues distances, protestait Dick.

— Cela t'amuse énormément, riposta Paul en riant.

Mais il attendait impatiemment les nouvelles.

— Ça va, dit-il. Assez de mystère. Qu'as-tu appris ?

— Mon informateur de Washington, répliqua Dick, a trouvé quelque chose d'important. Ina Ross, la mère de Susan, a travaillé à Washington ainsi que tu le sais. Elle a été quelque temps secrétaire du sénateur Cargill, l'oncle du patron de Susan, puis elle est devenue la secrétaire particulière de... Charles Lamartine.

Paul fixa son ami avec stupeur, digérant le renseignement.

— Ainsi, dit-il enfin, elle a sûrement connu Joseph Menderez.

Elle ne pouvait pas ne pas l'avoir connu. Menderez et Lamartine, à cette époque déjà, étaient amis intimes. Ils devaient se voir constamment dans leurs bureaux respectifs.

— Elle a certainement connu Menderez, acquiesça Dick, et Menderez a fait venir sa fille à Istanbul...

— Qu'est-ce que cela peut vouloir dire ?

Paul se pencha en avant.

— Dick, que penses-tu de tout cela ? Quel rapport vois-tu ?

— Ce pourrait être une vendetta orientale. Un compte que Menderez essaye de régler.

— Je ne peux pas croire ça ! Pas d'un homme aussi intelligent que Menderez !

— Paul, un cerveau occidental est incapable de comprendre vraiment l'esprit oriental. Et, au fond de lui-même, malgré des années d'occidentalisation, Menderez est un oriental.

— Que faisons-nous en partant de là ? demanda Paul.

— Mon gars de Washington continue à chercher. Je ne sais pas s'il trouvera autre chose ; il essaye aussi de s'expliquer l'affaire. Mais fais partir Susan du palais, Paul. Ne l'y laisse pas !

CHAPITRE XIII

Il était bien plus de midi. Susan se réveilla, honteuse d'avoir dormi jusqu'à une heure pareille, mais reposée et optimiste. Le cauchemar insistant de la nuit était effacé de son esprit pour quelques minutes. Le soleil brillait entre les rideaux, faisant oublier la pluie de la veille.

Son anniversaire aujourd'hui. La tête sur son oreiller, la jeune fille contempla le plafond. Avec mélancolie, elle se rappela que sa mère et elle devaient passer ce jour-là ensemble à Istanbul.

Demain, elle fêterait ses vingt et un ans en compagnie de Paul, Kemal, Iris et Dick Spencer. Kemal... Non : il ne pouvait avoir joué aucun rôle dans ce qui s'était passé la veille. Mais ces agressions recommençaient constamment.. Un jour, celui qui tentait de la tuer, quelqu'il fût, réussirait s'ils ne parvenaient pas à le démasquer avant cela.

D'un seul coup, elle revenait à la réalité. Paul avait raison : ce soir, ils parleraient à M. Menderez. Celui-ci saurait que faire. Elle avait une confiance absolue en lui.

Soudain, Susan eut envie de bouger. Elle se leva et s'habilla, ouvrit ses fenêtres toutes grandes. Le soleil entra à flots dans la chambre. Quel incroyable contraste avec le jour précédent ! Elle refoula son envie de sortir sur le balcon ; c'était appeler le danger. Celui qui voulait sa mort se trouvait à l'intérieur du palais, il ne fallait pas l'oublier.

Elle resterait dans sa chambre presque toute la journée : là, rien ne pouvait lui arriver.

Le coup frappé à sa porte la fit sursauter. La veille, après que Melâhat eut emporté son plateau, elle s'était traînée hors du lit pour fermer sa porte à clé. Un peu gênée maintenant à cause de cette porte fermée, elle demanda :

— Qui est là ?

Elle n'allait pas abandonner la maigre protection de la serrure.

— Fatima.

Susan ouvrit la porte. Fatima, toute souriante, entra avec un déjeuner copieux sur un plateau. Elle le posa sur la table et s'en alla.

Sans bruit, quand la servante se fut suffisamment éloignée, Susan referma à clé. Elle tira la table plus loin de la fenêtre, car trop près, elle constituait une cible facile. L'oreille tendue vers le moindre bruit, nerveusement, elle mangea son repas.

Une heure plus tard, Fatima revint pour reprendre le plateau et pour laisser dans la chambre l'inévitable théière. Susan essaya de lire, mais son esprit refusait de se concentrer. Elle se fit les ongles, puis rangea les tiroirs de sa commode. Elle avait besoin d'activité. Elle avait besoin d'oublier sa tête, encore douloureuse.

Quelle heure était-il ? Il restait des heures avant le dîner. Au dehors, le soleil invitait à la promenade, l'air était merveilleusement léger. Elle hésitait à sortir. Soudain, elle aperçut Joseph qui marchait dans le jardin. Elle allait descendre et le rejoindre ; en sa compagnie, elle ne risquait rien.

Elle passa rapidement la brosse sur ses cheveux, prit un cardigan dans un tiroir et sortit de sa chambre. Elle descendit l'escalier en courant, avec l'impression qu'elle s'échappait d'une prison.

Elle se dirigea prestement vers la partie du jardin où elle avait vu Joseph, mais constata, très déçue, qu'il avait regagné la maison.

Indécise, elle regarda la table et les chaises disposées sous un magnolia. La sagesse lui commandait de regagner sa chambre et d'y rester jusqu'au moment où elle entendrait Paul arriver avec Iris ; elle descendrait à ce moment. Pourtant, elle envisageait avec répugnance de retourner s'enfermer dans sa chambre, dont l'atmosphère l'oppressait bizarrement.

— Comment allez-vous ?

Elle se retourna au son de la voix de Kemal. Il s'avançait vers elle, sortant du palais par une porte latérale.

— Je vais très bien, dit-elle automatiquement.

A part la bosse à sa tête, elle allait très bien en effet !

— Nous nous sommes bien amusés, Iris et moi, dit-il.

Quand donc avait-il vu Iris ? Etait-il sorti la veille ? Elle n'avait pas entendu de voiture partir. Evidemment, comment aurait-elle pu l'entendre, du bain turc ?

— Il faut que Paul et vous veniez avec nous chez Yener un de ces soirs, reprit Kemal.

Il s'approcha sans hâte d'une chaise et s'assit à côté d'elle

— On voit là des tas de gens extraordinaires, dit Kemal.

Melâhat vint rapidement à eux, souriante comme

toujours, apportant une assiette pleine de noix, de figues et de dattes. Elle échangea quelques paroles joyeuses avec Kemal et repartit à la hâte pour le palais.

— Iris est follement excitée par le dîner de ce soir, dit Kemal avec amusement. Je crois qu'elle s'attend à quelque chose qui ressemble au décor des Mille et une Nuits.

— Kemal, ne comprenez-vous pas cela ?

Malgré ses efforts, Susan ne parvenait pas à se détendre. Elle se souvenait trop distinctement des moments affreux qui avaient précédé son évanouissement dans le bain de vapeur. En même temps, elle avait des remords de suspecter Kemal.

— Pour une Occidentale, se força-t-elle à dire, le palais est une splendeur exotique.

— Etes-vous encore aussi impressionnée que cela ? demanda-t-il.

— Oui. Encore.

Et elle avait peur.

— J'ai beaucoup réfléchi, dit lentement Kemal. Je suis presque décidé à reprendre mes cours à l'automne. Je voudrais faire mon droit. Si Iris consent à m'épouser, nous irons tous les deux à l'université. Elle connaît Istanbul et elle est prête à y vivre définitivement quand nous aurons obtenu nos diplômes. Istanbul est presque civilisé, ajouta Kemal en riant.

Susan, qui était sur le point de raconter sa terrible aventure dans le bain de vapeur, y renonça brusquement. Elle refusait de croire que Kemal en fût responsable. Pourtant... Qui d'autre savait qu'elle se trouvait là ?

Puis elle pensa à sa mère et à son enthousiasme à l'idée qu'elles étaient toutes les deux à Istanbul pour fêter son anniversaire... Susan ne voulait pas gâcher cette journée par cette sinistre histoire.

Elle s'efforça donc de bavarder tranquillement avec son compagnon. Dans ce jardin embaumé, sous la caresse d'une brise délicieusement fraîche, qui persistait après la tempête de la veille, elle réussit presque à oublier les terreurs des derniers jours.

On entendait, venant du palais, les voix criardes des domestiques qui préparaient la réception du soir. Amahl dirigeait tout, ne demandant même pas son avis à Fatima. On cueillait des fleurs pour faire de la salle à manger un bouquet de parfums.

— Les Turcs considèrent les fleurs comme l'un des plus grands dons de Dieu, dit Kemal. Les fleurs ont un rôle dans toutes les occasions.

— Ma mère adorait les fleurs, dit Susan.

Elle leva les yeux vers le magnolia au-dessus d'eux.

— Quand j'étais petite et que nous habitions en Pennsylvanie, elle a fait tout ce qu'elle a pu pour faire pousser un magnolia. Mais l'arbre n'était pas assez robuste pour supporter un climat trop nordique.

Les jeunes gens s'attardèrent devant la table, pris par le charme de l'après-midi. Susan se sentait en sécurité, et se le répétait. Rien ne pouvait lui arriver là, avec tant de gens si près d'elle et l'entrée du palais sous ses yeux.

Vers la fin de l'après-midi, Sophia et Constantina revinrent, Sophia au volant de la Bentley puisque Nicholas restait quelques jours à la villa d'été.

Susan sentit l'hostilité poindre sous les paroles aimables de Constantina et elle fut soulagée quand les deux femmes rentrèrent au palais. Elle resta encore quelques minutes auprès de Kemal, puis le quitta aussi pour remonter dans sa chambre. Elle allait faire un somme avant le dîner.

*
**

Paul sortit de sa douche et s'habilla, sans perdre l'heure de vue. Il devait aller chercher Iris dans quarante minutes à peu près. Dix fois, aujourd'hui, il s'était privé de téléphoner à Susan pour s'assurer que tout allait bien pour elle. L'exhortation de Dick ne le quittait pas : « Fais partir Susan du palais, ne l'y laisse pas... »

Cette histoire de la mère de la jeune fille travaillant pour Charles Lamartine le poursuivait. D'autre part, pourquoi Menderez avait-il demandé expressément Susan Roberts comme secrétaire ?

Menderez ne savait rien de l'affaire du poignard, rien de la voiture qui avait cherché à écraser Susan. Il était au courant de la chute de l'amphore. Et de « l'évanouissement » de la veille dans le bain de vapeur, mais l'un et l'autre épisode ressemblaient à des accidents. Cependant, Menderez avait un esprit tellement aiguisé... Ne pouvait-il ajouter un fait à l'autre et comprendre que quelqu'un en voulait à la vie de Susan ?

Paul fronça les sourcils en se penchant pour lacer ses chaussures. Dick avait-il raison de croire que Menderez lui-même était mêlé à ces attentats contre Susan, qu'il s'agissait d'une étrange vengeance orientale qu'il tenait à assouvir ?

Le téléphone sonna, rappelant Paul au moment présent. Il se hâta de décrocher l'écouteur, prêt à entendre d'inquiétantes nouvelles.

« — Allô, Paul, je suis au consulat », déclara Dick avec vivacité.

« — Encore ? »

L'effroi s'insinua dans l'esprit de Paul.

« — Que se passe-t-il ? »

« — Viens me voir. »

« — Il faut que j'aille chercher Iris pour la conduire au palais. Dis-moi ce qu'il y a. »

« — Pas par téléphone. Va chercher Iris et laisse-la dans la voiture pendant que tu viendras me parler. Cinq minutes. Cela ne peut pas attendre. »

Dans la voix de Dick résonnait une hâte vitale.

« — Paul, je crois que cette fois, nous savons tout sur l'affaire. »

*
* *

Joseph Menderez prit l'écrin du bijoutier dans le petit coffre-fort encastré dans un mur de sa chambre et l'ouvrit. La joie éclaira son visage à la vue du pendentif qui reposait sur un lit de velours. La beauté est un art par elle-même.

Pourtant, il n'était pas tranquille en examinant le bijou. Sous-estimait-il Susan en espérant qu'un ravissant bijou de prix préparerait la voie de leur accord ? Avait-il raison d'en marquer le jour attendu depuis tant d'années, où il pourrait enfin réparer un tort dont il n'avait jamais cessé de souffrir, qui n'avait jamais cessé de faire souffrir ?

Il fronça les sourcils, irrité car on frappait à sa porte. Il remit précipitamment l'écrin dans le coffre-fort, en referma la porte et fit retomber la tapisserie qui le dissimulait. Agacé d'être dérangé à cet instant, il alla ouvrir ; sans doute était-ce Charles, espérant faire une partie d'échecs avant le dîner.

Derrière la porte grande ouverte, il trouva Paul, grave et tendu.

— Excusez-moi, monsieur, dit le jeune homme à voix basse. Il faut que je vous parle. J'arrive du consulat américain...

*
**

Susan se regarda dans le haut miroir : elle était contente de porter une robe longue. Elle avait mis celle-ci la dernière fois où Paul était venu dîner, et il l'avait trouvée jolie.

Avec impatience, elle prit sa brosse à cheveux pour remettre à sa place une mèche récalcitrante. Voilà : tout était parfait. Pourtant, elle restait là, devant le miroir, nerveuse, mal à l'aise.

Paul était-il arrivé ? Dès qu'il serait là, elle descendrait. Elle alla à la fenêtre pour jeter un coup d'œil au dehors : sa voiture était là. Iris et Paul en descendaient.

Elle éteignit les lampes de sa chambre à coucher et entra dans le petit salon ; il était inutile de rester là plus longtemps puisque Paul était arrivé.

Elle gagna la porte de la galerie et, au moment où elle allait l'ouvrir, elle sursauta : on frappait de l'autre côté du vantail.

— Voilà, dit-elle.

Avec embarras, aussi doucement que possible, elle tourna la clé dans la serrure.

— C'est Irène Gulek, dit une voix très basse, à peine perceptible.

Susan ouvrit la porte, un sourire forcé aux lèvres.

— Je voudrais vous parler, dit l'infirme cérémonieusement. Puis-je entrer ?

— Naturellement.

Susan s'effaça pour permettre à la visiteuse de faire entrer son fauteuil roulant dans la pièce.

Madame Gulek s'exécuta et attendit que Susan

eût refermé la porte. La jeune fille revint à elle,
s'efforçant avec peine de se montrer amicale.

— Pourquoi vous obstinez-vous à rester ici ?
demanda la vieille femme, sa voix tremblant d'une
rage soudaine. Pourquoi refusez-vous de retourner
aux Etats-Unis ?

— Mais, madame Gulek, je...

Tout à coup, Susan se tut, pétrifiée, les yeux
fixés sur le poignard ancien à la lame luisante
qu'Irène Gulek venait de tirer des plis de sa robe.
Une petite main aux veines saillantes serrait le
manche avec une terrifiante fermeté.

— Madame Gulek, dit Susan, se forçant diffi-
cilement à rester calme, remettez cette arme dans
votre poche, je vous en prie.

— Je vous ai dit de partir ! Je vous ai avertie !

Les yeux de l'infirme luisaient d'une lueur fanatique.

— Combien de fois pensez-vous que vous échap-
perez à la mort ? Maintenant, c'est fini. Ce soir,
moi, je n'échouerai pas !

— Vous ? balbutia Susan. C'était vous ? Tout
le temps ?

— Amahl agissait, sur mes ordres. Mais Amahl
devient stupide, il a peur.

La vieille voix prit un ton méprisant.

— Alors, il faut qu'une femme fasse le travail
elle-même. Je ne suis plus aussi habile qu'autrefois,
mais je réussirai ! Il faut que je réussisse !

Ses yeux étincelants fixés sur le visage de Susan,
elle leva lentement la main qui tenait le poignard.

— Mais pourquoi ? demanda Susan, s'efforçant
de ne pas regarder l'arme. Cette arme de mort.
Qu'avez-vous contre moi ?

— Vous voulez prendre la fortune des Menderez,

gronda l'infirme, toute la fortune. Et elle appartient
à Kemal !

Susan, glacée, avait l'impression d'avoir reçu un
coup dans l'estomac. Elle protesta :

— Non, vous vous trompez ! Ce n'est pas vrai !
Vous ne comprenez pas !

— Constantina et Sophia ne comprennent pas,
dit Irène Gulek impatiemment. Elles croient Joseph
amoureux de vous ! Il n'y a que Charles pour avoir
deviné la vérité : vous êtes la fille de Joseph.

— Non !

Susan secouait la tête, refusant de croire ces
mots. La vieille femme était folle.

— Il y a bien des choses que vous ignorez, reprit
cette dernière. Moi, j'étais l'amie intime de la mère
de Joseph. J'étais au courant de tout. J'ai su que
Joseph a eu une liaison avec une secrétaire de
Washington. Peu après, quand le gouvernement l'a
rappelé en Turquie, il a cru que votre mère l'y
rejoindrait, mais elle était stupide. Votre grand-mère
étant malade, elle a refusé de la quitter. Et puis,
comme elle l'a écrit à Joseph, cela lui faissait peur
de vivre dans un pays étranger. Ce projet de mariage
n'était pas raisonnable. Un an plus tard, Joseph
a pu retourner en Amérique, espérant la décider.
Elle en avait épousé un autre. Elle avait un enfant.
Joseph savait très bien que l'enfant était de lui...
Votre mère l'a persuadé qu'il était de votre intérêt
de rester avec elle, d'accepter son mari comme
votre père. Ils ont décidé alors qu'ils vous diraient
la vérité le jour de vos vingt et un ans.

— Aujourd'hui..., souffla Susan.

— J'ai entendu Joseph téléphoner à Charles.

Le ton de la voix montait.

— Ce soir, il compte annoncer à la famille qu'il
est votre père !

Derrière Irène Gulek, la porte s'ouvrit silencieusement, progressivement. Amahl venait-il aider sa maîtresse bien-aimée ?

— Je ne peux pas croire cela, dit Susan. Ma mère n'a jamais fait la moindre allusion à cette histoire. Pourquoi vous croirais-je ?

— Joseph possède plus de cent photographies de vous, prises au cours de ces vingt ans. Il les garde enfermées dans un coffre-fort.

Une veine battait au cou de l'infirme.

— Il se les faisait envoyer par un détective privé !

— Je crois que vous avez vécu trop longtemps dans ce palais, dit Susan, défiant la vieille femme du regard. Vous avez trop d'imagination.

— Non ! cria Irène Gulek.

Elle recommençait à lever le poignard.

— Vous êtes venue pour vous assurer que Joseph vous donnerait ce qui appartient à Kemal ! Mais vous n'aurez rien. Rien !

Paul bondit en avant. Une de ses mains saisit le poignet de l'infirme, l'autre lui arrachait son arme. Furibonde, elle rassembla ses faibles forces pour foncer sur Susan.

— Je la tuerai ! hurlait-elle. Vous ne m'en empêcherez pas !

Paul empoigna Mme Gulek par les épaules tandis que Joseph s'élançait pour protéger Susan. Madame Gulek parvint à se libérer et se retourna pour frapper Paul. Et puis, brusquement, la rage fut remplacée sur son visage par une expression floue d'absence tandis que sa tête roulait sur sa poitrine et qu'elle tombait sans connaissance sur le sol.

— Paul... Appelez une ambulance, dit Joseph.

Il tomba à genoux auprès de la vieille femme au visage gris.

Entre Joseph et Paul, devant la grande porte du palais, Susan regardait Kemal, blême et grave, suivre sa tante dans l'ambulance. Constantina et Sophia se préparaient à partir dans la Bentley. Sophia était bouleversée d'apprendre qu'elle avait prêté la main, si peu que ce fût, à ce complot d'assassinat. Sa tante lui avait raconté qu'Amahl avait volé un poignard et elle l'avait chargée de le remettre à sa place, évidemment sans lui dire qu'il s'agissait d'une autre arme, lui demandant seulement d'opérer la restitution en grand secret.

— Elle ne survivra pas, dit Charles à mi-voix comme l'ambulance s'éloignait. Elle est trop fragile.

— Elle ne pouvait pas comprendre, dit Joseph tristement. Je déposais dans une banque suisse des capitaux assurant la subsistance de tous les membres de ma famille, ma femme, Kemal, Sophia et Susan.

Son regard se posa avec une infinie tendresse sur la jeune fille.

— Quoi qu'il arrive à cause de mes mémoires, je voulais que des dispositions financières mettent tous les miens à l'abri.

Charles Lamartine regardait Susan.

— Elle ressemble à Ina, dit-il. Elle était si jeune, si jolie, votre maman, Susan. Et Joseph a été si malheureux quand il a reçu la lettre qui réduisait à néant ses projets de mariage.

— Elle sentait que sa mère serait malade durant des années, expliqua Joseph. Et dans sa candeur, elle n'a pas trouvé d'autre solution que la rupture. J'ai été ulcéré, désespéré..., finalement résigné, mais je n'ai jamais oublié notre amour.

— Elle non plus, lui rappela Susan. Depuis mon enfance, le Moyen-Orient a fait partie de sa vie. Vous avez toujours fait partie de sa vie.

— Joseph, tu t'en tireras peut-être sans ennuis

avec tes mémoires, dit Charles, désireux de couper court à ces souvenirs douloureux. Après tout, je ne suis peut-être qu'un vieux froussard.

— Ecrire mes mémoires dépend d'une chose, dit Joseph.

Un tendre sourire éclairait ses yeux.

— J'ai retrouvé une fille, mais ai-je perdu ma secrétaire ?

— J'ai un contrat ! lui rappela Susan gaiement.

Paul lui avait pris la main et la serrait.

— Vous n'avez pas le droit de me renvoyer même si vous en avez envie ! Je reste ici, au palais, jusqu'à ce que le livre soit achevé.

— Et ensuite ? demanda Joseph. Reviendras-tu régulièrement voir ton père ? Nous avons toutes ces années à rattraper !

— Je viendrai, promit Susan.

Sa main dans celle de Paul, elle suivit les deux hommes dans la bibliothèque. Iris les y attendait, émue, un peu intimidée, charmante. Le moment ne pouvait être mieux choisi pour faire la conquête de son futur beau-père. Joseph souriait...

F I N

Achevé d'imprimer
le 24 mars 1978
sur les presses
de l'imprimerie Cino del Duca,
18, rue de Folin, à Biarritz.
N° 40.

Dépôt légal n° 380.   2° trimestre 1978.